느릅나무에게

느릅나무에게

김규동 시집

창비

차례

제1부

■

제2부

■

제3부

■

제4부

■

제1부

어머니는 다 용서하신다

닭이나 먹는 옥수수를
어머니
남쪽 우리들이 보냅니다
아들의 불효를 용서하셨듯이
어머니
형제의 우둔함을 용서하세요

만남

목련꽃이 피면
온다더니
하얀 신작로길
타박타박 걸어서 온다더니
개울을 건너고
양지바른 산굽이를
개암나무 냄새 맡으며 온다더니
만나기 전부터
넘치는 눈물
먼 길 하염없이 걸어서
목련꽃 필 때는
까만 눈동자 빛내며 온다더니
목련꽃 흰 그림자 속에
터널처럼 뚫린
빈 하늘 하나

봄빛은 이불처럼

아, 이불처럼
물고기 풀 나물
부드러워라
나무처럼
사람 마음도 부드러워라
조선팔도 금수강산에
임씨 박씨 오, 조씨 문씨 이씨
두루 안녕하신가요

부드러워라
부드러우니 살그마니 들치고
반쯤 누워보는
이 흙내음

아, 입구가 너무 좁다
그러니
누운 사람이
시인 박인환의 걱정근심같이
아늑할 수밖에 없나니

봄은 고루 왔다
남과 북에.

아침의 편지

함경북도
우리 고향 아득한 마을

행준네 넓은 콩밭머리에
이 아침 장끼가 내렸는가 보아라

칙칙거리기만 하고
아직 못 가는 이 기차

해는 노루골 너머에서
몇자쯤 떴는가 보아다오

열망

해는 기울어
파도 울음소리도 멀어졌다

마른 풀과 헐벗은 나무가
편안하게 빛을 받고 있다

하루의 노역을 마친 대지가
수줍은 듯 노을 속에 숨는다

갑자기 환히 트인 벌판에 길 하나
북녘에 닿은 길이 보인다

인기척 없는 그 길에
지는 햇살이 안타까이 내려앉는다

아, 길은 머나
오늘도 천리길을 돌아 예까지 왔다

느릅나무에게

나무
너 느릅나무
50년 전 나와 작별한 나무
지금도 우물가 그 자리에 서서
늘어진 머리채 흔들고 있느냐
아름드리로 자라
희멀건 하늘 떠받들고 있느냐
8·15 때 소련병정 녀석이 따발총 안은 채
네 그늘 밑에 누워
낮잠 달게 자던 나무
우리 집 가족사와 고향 소식을
너만큼 잘 알고 있는 존재는
이제 아무 데도 없다
그래 맞아
너의 기억력은 백과사전이지
어린시절 동무들은 어찌 되었나
산 목숨보다 죽은 목숨 더 많을
세찬 세월 이야기
하나도 빼지 말고 들려다오

죽기 전에 못 가면
죽어서 날아가마
나무야
옛날처럼
조용조용 지나간 날들의
가슴 울렁이는 이야기를
들려다오
나무, 나의 느릅나무.

육체로 들어간 진달래

먹었단 말입니다
연한 이파리
무지개 같은 진달래를
순이와 난 따 먹었어요
함경도의 3월은
아직 쌀쌀하나
허전한 육체에
꽃은 피로 녹아
하늘하늘 떨었지요

나 보기가 역겨워 가실 때에는
사뿐히 즈려 밟고 가시옵소서
평안도 약산 시인은
노래했으나
밟고 가다니 사치하잖아요
먹었단 말입니다
심장으로 들어가게 했지요

모란이 피기까지는
기다리겠노라
전라도 강진 시인은 노래했으나
도대체 뭘 기다린단 말인가요
모란이 뭔지도 모르는 바람 센 땅에서
기다릴 것도 없이
우린 불붙듯 하는
진달래를 따 먹었어요

여름내 땀 흘려 농사짓고
겨울엔 이태준의 『문장』 잡지를 읽는
이름 없는 농부의 딸 순이와 나는
입술같이 연한
진달래 이파리를 따 먹었어요

순인 북에 있고
난 남쪽에 있으나
둘의 심장으로 들어간 진달래꽃만은

세월이 가도

고동치며 돌고 있답니다

사시사철 꽃은 피고 있답니다.

산

명산 아닌
그 산이
두어 점 구름 아래
조용히 누웠는 이름 없는 그 산이
언제나 내 마음 속에 있는 건
얼마나 고마운 일인가

햇살이 부서져
황금빛으로 물든
오솔길에는
빨갛게 익은 열구밥이
정물화같이
푸른 대기 가운데 고정되었다

바람과 짐승과 안개가
산 저편으로 잦아든 뒤
해 기울고
소달구지 하나 지나지 않는
신작로길이

영원처럼 멀었다

바다 우짖음 소리도
강물의 고요한 숨결도
알지 못하나
소박한 자태로 하여
쓸쓸한 기쁨 안겨주던 산
어린 나를 키워준 산이
탕아 돌아오기를 기다린다

시여
너의 고뇌와 눈물의 아름다움
그리워하지 않은 때 없으나
이룬 것 없이
죄만 쌓여
언젠가는 돌아가게 될
고향 하늘

아, 철없이 나선

유랑길
몸은 병들어 초라하기 짝이 없으나
받아주리라 용서해주리라 너만은
이름 없는 나의 산.

이북에 내리는 눈

이북에 내리는 눈이

한 치

두 치

아득하여라

평양에 청진에

한 치 두 치

눈은 내려

그때가 언제던가

스스스 눈이 내려

그이는 살아 있을까

희망은 있다고 힘주어 말하더니

희망은 있다고,

스스스스

눈이 내려

함흥에 회령에

눈이 내려

얼어붙은 새싹이

물 올리네

비밀은 네게서도 내게서도

검은 구름덩이처럼 깊어

흐흐흐

눈이 내려

잠드신 백부님

평생 흙 파신 백부님

흐흐흐

휴전선 이북에 눈 내려

사랑도 죽음도

스스스

눈에 묻혀

모르겠네

모두는

살아 있을까

별이 달에게

편지 못 쓰고
전화 못해도
마음 변한 건 아니라고
믿어주오

시간은 밤새
천리나 멀리 가버렸구려

쑥 향기 그윽한 언덕에
이슬이 내려
적시오 가슴을

당신은 알 것이오
승자가 가는 길과
패자가 가는 길이
함께 있다는 것을

떨어지는 불덩이를 안고
비스듬히 나는 새

새는 죽어서

싸늘한 돌에 제 자태를 새겨놓았구려.

바다

빈 몸으로 왔다
바다
그래도 고마워서
온몸으로 반기는 바다
나는 너에게
무엇을 바쳐야 할 것이냐
말하여라 말하여라
망설임도 꾸밈도 없이
네 본연의 목소리로.

두만강에 두고 온 작은 배

가고 있을까
나의 작은 배
두만강에

반백년
비바람에
너 홀로

백두산 줄기
그 강가에
한줌 흙이 된 작은 배

어머니에게

깍두기 한가지만으로
밥 한그릇 비우게 되니
이 감격을
오래 간직하고 싶어요
광주의 음식맛은
깍두기에서부터 시작됩니다
아무리 싼 값의 밥상이라도
정성을 다해요, 전라도 광주는
어머니
광주 음식맛을
못 보여드리는 게 한입니다

함경도 척박한 고장서 자란 저는
맛에 대한 감각이 둔하지요
그러니 글을 쓴대도
맛있게는 못 써요
혀는 맛을 모르고 자랐으니
어찌 글의 맛인들 알았겠나요
어머니.

그래도 저이는 행복하여라

고향에 가서
아는 이 없다 하더라도
먼 하늘 바라다볼 수 있는 이
앞산 뒷산 바라다보며
옛 생각에 잠기는 이
뛰놀던 언덕 위에 서서
어린시절 동무들 얼굴
하나하나 떠올리는 이
봄 여름 가을 겨울
기쁘고 고달팠던 추억에
넋을 잃고 앉았는 저이
행복하여라
저이는 그래도 행복하여라

시인을 한 사람만

어느 죄수의 편지

어찌어찌 하다보니

20년 장기수 되었다오

외롭고 답답하외다

이 컴컴한 감방에서

바깥소식 모르고

일생 살자니 기가 막히오

대한민국에는

시인이 많다 하는데

이 못난 자를 위로해줄 만한 시인 한 사람만 골라

소개해주구려

마지막 부탁이오

천(天)

규천아, 나다 형이다.

* 규천(奎千)은 1948년 1월 평양에서 헤어진 아우 이름.

저승 사람들 오시다

도라지 캐러
백두산에 간다더니
머루 따러 관모봉에 간다더니
생원은 여태 돌아오지 않습꾸마
혹시 호랑이를 만난 거는 아니겠습지
에구마
어젯밤에 무산령에서는
곰이 두 다리를 버티고
기차를 세웠다지 않습둥
빨리빨리 돌아오지 않구시리
생원이도 우둔하지
집에서는 쌀이 떨어졌다는데

동그란 무덤 속에서
흰 옷 입은 두 아낙네가 걸어 나와
수인사하고는
이런 대화를 나누는 것이었다
흙덩이 같은 인정에 얻어맞은 나는
그대로 쓰러지고 말았다

고향이라네

나의 반쪽이 묻힌 이게 내 고향이라네

어떤 유언

시간이
조금밖에 없으므로
그렇다
가까이 오너라
손잡아보자

시간이
조금밖에 없으므로
간단히 말하겠다
일생
거짓말 시 많이도 썼지

시간이
조금밖에 없으므로
내 죄를
벗고 갈 수도 없이 되었다
시간이 조금밖에 없으므로.

아, 통일

이 손
더러우면
그 아침
못 맞으리

내 넋
흐리우면
그 하늘
쳐다 못 보리

반백년 고행길 걸은
형제의 마디 굵은 손
잡지 못하리
이 손 더러우면

내 넋 흐리우면
아, 그것은
영원한 죽음.

제2부

떠날 때

아내에게
잘해드리세요
새벽 3시면 일어나
아픈 다리 두드리며
날 밝기를 기다리는 병든 아내

좋은 시 쓰려면
책 읽고 술 마시고 놀기도 해야 한다며
일찍 들어와본 일 없는 그대
평생
이룬 것 없이
빈손으로 휘적휘적 돌아온 그대
아내에게 잘해드려요

여름이면 가뿐하라고
홑이불 모시이불 덮어주고
겨울에는
춥지 말라고 폭 싸이는
솜이불 덮어줬던 착한 아내

이제라도 늦지 않아요
천식으로 숨이 차 갈갈거리는 그대
무슨 생각 하시나요
시간이 얼마 남지 않았소

날아보시소
바람에 쏠리는 갈대밭을
바람에 너풀대는
멋진 갈대밭 속을
아내 손 붙들고
기우뚱 걸어보시소
아내에게 잘해드리세요.

봄이 오는 소리

아주머니
달래 캐서 뭘 하려우

콧물 흘리며
시꺼먼 땅에서 달래를 캐서

기차는 마천령을 넘다
얼음 녹은 물에 미끄러져 자빠진다

철사에 고정된 기러기는
하늘 공중에 걸렸구나

잿가루같이 죽었던 것이 살아나는 이 아침
누가 사람을 부르고 있다

저기 가는 저 아즈바니
여기 좀 봅쇼

매화

당신은
무슨 생각이 나서
나를 쳐다보십니까
달도 없는
어스름 저녁에
단출한 소복 차림인 나를 쳐다보십니까
평소에는 스쳐지나시더니
어찌하여 오래 곁을 떠나지 않고
서 계십니까
머리 숙이고 서 계십니까

존재와 말

최서해가
상허에게
이형이 냉수맛을 알려면
술이 좀 늘어야 할 텐데 하고
안타까워했다

이상은
폐병 말기의 김유정보고
김형이 꼭 한달만 술을 끊는다면
병이 깨끗이 나을 텐데 하고 한숨지었다

6·25전쟁 때
오장환이 서울로 나와
제일 먼저 찾은 건
시인 김광균이었다
숨어 사는 옛 친구에게
그가 내민 것은
탱크가 어쩌고저쩌고 하는 자신의 시집이었다

김광균이 한마디 했다
여보게 그건 자네 주머니에 넣어두게
내가 지금 그런 걸 읽을 형편 못 되네
하고 쓸쓸히 웃었다

5·16 군사반란 때
까만 색안경 끼고
시청 앞에 선 박정희 장군을 두고
김수영과 나는 내기를 걸었다
수영은 미8군이 곧 나와
저 사람들을 진압할 것이라 장담하고
나는 미군은 나오지 않을 것이다 라고 점을 쳤다
지는 사람이 술을 사기로 했으나
내기에 진 수영이 종내 술은 사지 않고
박정희만 무서워하다가
먼저 가버렸다

사라진 시간 속에서

고개를 치켜드는 건

언제나

가냘픈 존재의 떨림이다.

묘지에서

이렇게도 조용할 수 있을까
조그맣게 누워서
낯모를 이에게 인사를 보낸다

심장이 뛸 일도 없고
서럽고 안타까울 일도 없다
일체를 맡겼다 그 자신에게

이렇게도 고요할 수 있을까
잔디도 입히지 않은 흙을 이고
깨끗이 정리했다 그 모든 것을

꿈도 채무도 고통도
발을 동동 구르던 노동도
내려놓았다

이렇게도 가뿐할 수 있을까
언덕 너머 고속도로에는
불을 뿜는 행렬이 줄달음치고 있는데.

낮과 밤 사이

갠 날은
인천 앞바다가 보인다는
탑에 올라가봐도
개성땅이 보인다는
통일전망대에 올라가봐도
그렇다 아무것도 안 보인다
바람과 구름이 스칠 뿐
소주를 마셔봐도 재미가 없고
노래를 불러도 어깨를 들썩일 뿐
이미 노래도 식어버렸다
멀리 가까이 줄지어 까맣게 기는 자동차의 행렬
등불을 하나씩 달고
멀리 멀리 간다 세계는 간다
파괴와 건설 다음에
라디오를 듣고 텔레비전을 보고
보이지 않는 그림자에 기대어
오늘 하루를 마감한다
때로 꿈을 꾸니
생시 같기도 하고 낡은 필름 같기도 하여

하늘에 오르고 바다에 잠기며
식은땀 흘려본다
밤이 깊어 어디선가
한 사내의 불길한 울음소리가 들려온다.

병실

중환자실의 환자는
누구나 제가 제일 아프다고 생각한다
급환으로 가득 찬 병실은
밤낮 없이 난리다

죽음과 생시 사이를
왕래하는 가엾은 사람들 틈
까만 시계바늘이 거기 숨어서
몇바퀴 돌았다

수면제를 먹었으니 잠을 자겠지
하지만 입구에 누운 남자의
비명에 가까운 신음소리 때문에
뜬눈으로 아침을 맞는다

방금 큰 수술을 마치고
회진을 온 의사는 마음을 단단히 잡수세요
마음가짐이 제일입니다
하고 팔목을 잡아준다

의사선생이
팔목을 잡아주니
아이들같이 눈물이 글썽해서
고마워하는 것이다.

고향 가는 길

차를 타고
달렸다 만리를
달렸다는 데
지나지 않는다
살구를 안주로
술을 조금 마셨다
통일을 기다리다 죽은
그 친구 생각이 났다
멀리
강물이 번쩍거렸으나
시간이 흘러간다는 데 지나지 않았다
뇌성마비 앓은 처녀가
히죽 웃었다
우리 고향 자두나무 그늘에서……
산초 빤사같이 순하게 생긴 사람과
우주의 오염에 대해 이야기했다
자, 들어가거라
이 문으로
천년 전 사람들이

도란도란 밥을 지어 먹고
숟가락 놓는 소리가 들린다
내일도 또 굴러갈 것이다
두개골처럼 조그맣게.

행복에 대해

신논어

여자집에
중매가 들어왔다
그가 자공이라면 하고
모두는 바랐으나
나타난 신랑감은
자공이 아니라 했다
가진 건 없어도 착해 뵈는지라
딸을 그에게 줬다
혼인을 하고 며칠 만에
신랑은 자기가 자공임을 비로소 밝혔다
후한 마음씨 가진 이에게
복이……

시인의 죽음

가난한 살림에
소주 두 병 남기고
그는 갔다 저승으로

숨을 거둘 때
푹 꺼진 두 눈에 눈물이 고였더란다

몽롱한 의식을 뒤덮은 숱한 깃발
깃발에 싸여 박봉우는
이 땅에 오는 통일을 보았을 것이다.

추억

아내의 결혼반지를 팔아
첫 시집을 낸 지
쉰해 가깝도록
그 빚을 갚지 못했다
시집이 팔리는 대로
수금을 해서는
박인환이랑 수영이랑 함께 술을 마셔버렸다
거짓말쟁이에게도
때로 눈물은 있다

주례사

"싸우지 말고
살아야 합니다
만일 싸움이 시작되면
한쪽이 먼저 참으세요"
이런 간단한 주례사는
처음 들었다
그래서 모두는
하하 웃었다
나지막하나 뜻있는
송건호의 주례사였다.

흰 것은 뼈다

흙 속에 있어
흰 뼈가
지리산에도 있고
강원도 고성, 인제, 원주에도
있어
눈이 오건 비가 오건
뼈는 누워 있어
전쟁 때 목숨 잃은 젊은이들 뼈
흙 파다 푸석푸석한
흰 것이 보이면
오, 이것은 형제의 뼈다
있다 뼈가
제주도에도 숱하게 있어
이 산하 산지사방에
뼈는 있지
바람이 잔잔한 날은
그들이 말을 건네고 있어
가르릉가르릉
속삭이고 있어

아직도 멀었느냐
통일이.

거리에서

이북 손님이 왔다

한 품팔이꾼이
내뱉듯 한탄했다

나도 고향이 신의준데
고향사람 손이라도 잡아보면 어쨌다는 거요

손님이 오면 뭘 해
온통 저희놈끼리만 끼고 돌며
애꿎은 건배나 하고 풍을 치니
이래 갖고 통일이 돼요 뭐가 돼요?

아직도 멀었어요
멀었다니까요
왕창 깨버리기 전에는.

태양이 내려온 완충지대

완충지대에
살구꽃이 눈부시게 피었습니다
꽃의 눈보라에
천지가 새로 열렸습니다
진달래 개나리 민들레 쑥
아카시아 배 사과 복숭아
온갖 꽃이 가슴이 메게 피었습니다
총을 든 남북의 병정이
사슴 노루 멧돼지 토끼 오소리 다람쥐
고니 두루미 백로 오리 꿩 까치
숱한 짐승과 새가 뛰노는
완충지대를 바라보며
이 현란한 조국강산의 아름다움 앞에
넋을 잃고 서 있었습니다
때마침
밝디밝은 웃음을 머금은 태양이
풍성한 대지 위에 내려와
남북 병사의 등을
애타게 쓰다듬어주고 있었습니다.

밤의 불덩어리

사람을 잘 치는 차가 있기는 있기 때문에 인도를 걸으면서도 불안한 것이니 언제 어디서 이놈이 비집고 나와 들이받을지 예측이 될 턱이 없은즉 두리번거리며 곁눈질로 바퀴란 바퀴를 조심하면서 되도록 걸음을 재촉하는 지가 오래되었거니와 귀신이 다락 구석과 선반 널빤지 위에 숨어 있는 것을 본 이후로는 자동차의 불빛과 경적, 부르렁거리는 숨결소리를 무서워하게 된 것 역시 우연 아니거니와 대도에 넉 줄로 꼬리를 물고 행진하는 숱한 달구지의 물굽이를 벌거벗은 거대한 유령이 타고 앉는 순간 때마침 신호기가 침입자를 얼른 알아보고 즉시 빨간 불 파란 불을 능란하게 켜 들 때 금시 사방에 자갈돌이 뿌려지고 멍석만한 바람덩이가 뺨을 갈겨댔으나 운명에 잘 견디는 팔자를 타고났는지라 눈을 지그시 감고 캄캄한 굴속을 아무렇지도 않게 빠져나오는 것이 신기하기는 하나 내 체내에는 어느새 새까맣게 탄 기형의 생물이 수천 마리나 쌓여 그중 어떤 것들은 개구리와 올챙이 비슷하게 생겼는데 좌우로 몸을 틀며 그것이 뱀같이 머리를 내젓는 것을 보게 되고 허공에서 몸을 파르르 떠는 괴물이 또한 숱하니 무슨 수로 이것을 내쫓을지 몰라 속으로 뱀은 연이다 하늘을 나는 연이다 라는 헛소리를 두어 번 해보고 나서 앞을 보니 새까만 것이 불덩어리를 달고 시야를 가리는데 에즈라 파운드같이 생긴 꾸부

정한 사람이 지팡이를 짚고 서서 서툰 한국말로 길을 묻기를 잠실운동장 가는 차 어디 있습니까? 였으나 지리에 어두운 나는 몸부림쳐보나 그에게 아무것도 가르쳐주지 못하고 말았는데 다만 깜박 곯아떨어진 잠 속에서 이렇게 외친 게 고작, 스톱 스톱 온갖 힘을 다해 차를 세웠으니 그렇다는 것은 급기야 자동차가 부엌을 지나 안방까지 들이닥쳤으니 딴에는 위급을 면해보느라고 스톱 소리밖에 냅다 지를 게 없었던 것이다.

제문을 쓰며

노래를 부르란다
해는 연기에 싸여
평원에 지는데
배꼽 드러내놓고
석별의 노래 부르란다
땅바닥을 두들기며
맑은 물 밝은 아침을 노래했던
우리들의 날은 가고
내일은
쇠붙이같이 빛나는
그대의 싸움터에 맡기고
열띤 기계같이
육체의 마디마디를 단련하는
강철의 노래 부르잔다
지금 몇점이나 됐을까
에쿠 찻간에 우산을 놓고 내렸네
난 일찍 자야 하는데
그래야 새벽 5시에 일어나
무작정 곤두박질할 거 아니냐

일요일은 아직 멀었다
휴일까지는 죽어 산다
백화점 앞
4차선 도로
어디선가 나타난
한마리 제비가 일직선으로 날아갔다
아, 멀리 사라지는 물기 묻은 새의 날개
흐릿한 눈에
순간 영원이 보이는 듯했다
깜박 꺼졌던 불이
다시 켜졌다

해는 기울고

운명

기쁨도
슬픔도
가거라

폭풍이 몰아친다
오, 폭풍은 몰아친다
이 넋의 고요.

인연

사랑이 식기 전에
가야 하는 것을

낙엽 지면
찬 서리 내리는 것을.

당부

가는 데까지 가거라
가다 막히면
앉아서 쉬거라

쉬다보면
보이리
길이.

백지

그가 시집을 냈다
10년 만에
제목은 백지
몇줄 머리말이 있고
내용은 아무것도 인쇄되지 않은
백지 100여쪽
이게 시집인가
장난이겠지

그만 더럽힐 작정이오 종이를
백지 책 보내니
여기에 낙서를 하든지
시를 써보든지 내키는 대로 하시오

머리말은 이러하나
나는 감히 낙서장으로 쓸 생각을 못하고
이것을 정중히 책장에 꽂아놓는다

그의 머리말은

다음과 같이 끝난다

대적 안되는 시는 그만둬야……
효력이 전무한 시도
시간의 경과에 견디지 못하는
짜릿한 것들도
하지만 백지는 견디리
개가 짖는다
그도 시인을 우습게 보고 저러는 게 아닐까
되풀이?
시가 뭐 자전거 바퀴던가

담배와 신

60년 동안 피워온 담배
끊었다오
어떻게 끊었느냐고?
허리 분질러놓고 끊었지
신이 나더러 이것 한번 들라 해서
원목 무거운 것 들어올리려다
딱 소리가 나게
허리를 분질러버렸다오
석달 동안 숨도 크게 못 쉬고
누워 있었소
기둥이 부러졌으니 무슨 일인들 하겠소
척추를 내리치는 번개
기침이 날 때면 반은 죽소
그러니 기침 날까봐
담배 죽어도 못 피우지
이렇게 해서 담배 끊게 됐다오
허전해서
날마다 빈둥거리면서도
신의 지도를 고맙게 여기고 있다오.

누님

이북에
누님 두 분 계십니다
큰누님은 이름이
김용금(金龍金)이고
작은누이는
김선옥(金鮮玉)이라 합니다
누구시든지 혹 소식 아시는 분은
안 계시는지요
이 넓은 천지지간에
손톱만큼이라도
소식 아시는 분
안 계실는지요
안 계실는지요.

대낮

철조망에 기대어
졸고 있는
한 병사가 있다
나른하여
들리는 것 보이는 것 모두 머나
새소리
짐승 기는 소리
바위들 숨쉬는 소리

야 너 몇살이냐
졸음이 날아갔다
등 너머로
입에 풀포기 꼬나문
이북 병사가 서 있다
서로의 겁먹은 얼굴이
대나무같이
곧추섰다

때마침

뭉게구름이
주정뱅이처럼 지나며
주절거렸다
백년이 가고
또 백년이 간 뒤에
그때 그 눈동자를 그리며
흙과 물이
여기서 입 맞추는 것을
꼭 보고야 말 것이니
갇힌 자에게
영생을

쉬었다들 가거라
놀다들 가려무나.

다시 고향에

아흔아홉 골짜기
머루빛
능선에 일어선 구름
저승 소식 들리네
원을 그리는 솔개
너는 몇대 손 함경도 솔개냐
우물가의 느릅나무
노목 되어 낯이 설고
가족들 도란거리는 소리
들리네 가슴 깊이
우리 집 있던 자리는 바로 여기
길과 나무와 바람의 향기 아직 남아 있네
돌 밑에 숨은 귀신
그에게 묻는다
저 집에 살던
나의 노모를 알지 못하는가요
"모르오"
우리 뒤켠에 살던
태호와 행준이네를

혹시 아시나요
"모르오 세월이 너무 많이 가서
이젠 모두 모르오"
모르오 모르오 모르오
남북의 벌어짐
50년이여
저승의 산 자들이
손꼽아 우리를 기다린다.

제3부

지하철의 사상

행복하십니까
노인
지하철의 당신이여

폐 끼치기 싫어요
아이들에게
그러니 어찌합니까
지하철 타고 종점까지 갔다
돌아오고
볼일 다 못 본 사람같이
또 종점까지 다시 갔다
이렇게 돌아오고
가고 오고
그러는 거지요

나 보기가 역겨워 가실 때에는
죽어도 아니 눈물 흘리오리다 어쩌구 하는
아름다운 노래도 있는 것 같으나
죽는 게 어려워요

죽으려면 죽을 수도 있겠다 싶지만
아직은 용기가 없으니
불쌍한 목숨이구려

아, 텔레비전이나 들여다보고
오가는 자동차 물결이나
멍하니 서서 바라보고
그래봐야 통 사는 재미 없어요
빈 병 빈 종이상자 주워다
손자 손녀애들 과자봉다리와 바꿔봐야
그것도 이제는 별 재미 없다오

하루하루
연명이나 하자는 이 짓이
무슨 뜻이 있겠소
죽지 못해 사는 노인이
허구한 날 무료승차 미안하나
지하철 타고
우르릉우르릉

가는 거라오
우르릉우르릉
오고 있는 거라오.

천년 전처럼

고향이라
지용이 노래하던 고향이라
이제 와서 고향이 무슨 소용이리오
우리에게 고향이란 없소
분단은 있어도
고향은 없다오
하지만 잊혀지지 않는 그곳
거기가 곧 고향이라
뭉게구름 층층이 떴는
저 하늘 앞에 머리 치켜드니
두 눈 감기며
쏴 푸르름 내게로 돌아오네
오, 천년 전처럼
여기는 내 고향
여기는 내 고향
여기는 내 통일이라.

비문

동이에 물을 퍼 담아주거나
무거운 짐을 들어줄 때면
함경도 우리 고장 아주머니들은
아심찬슷꾸마 하고 인사했다
애교는 없어도 정이 담긴 이 말을
잊지 못한다
죽어서 혹 비석을 세운다면
비문에 이 한마디나 적어볼까
'아심찬슷꾸마'
고맙다는 존댓말의 우리 게 사투리다.

잃어버린 사진

올 때는
감색 옷에
타이는 빨강
오래간만에 보는 서울이
눈물이 난다더니
여위고 흰 얼굴에
빠른 웃음 머금더니
얼마 머물지 못한 채
쫓겨간 그

돌아갈 때는
셔츠 바람에
꽁무니에 타월 한장 차고
잘 있으라 손 흔들던 사람

'성벽'과 '나 사는 곳', '병든 서울'을
십년 혹은 이십년 저쪽에 버려두고
꿈과 현실을 뒤바꿔
한번 우리 세상 살아보자던

축구공같이 날랜 그 열망을
가끔 생각할 때가 있다
스쳐가는
유쾌한 낭만이
고통 속에서
그들 세대의 우정과 연대의
해바라기를 피워올린
뜨겁고 아름다웠던 시절을 그려본다

자동차가 길을 메워
발 들여놓을 틈이 없는
하인천 부둣가를 걸으며
복작거리는 안국동과 명동의
옛날과는 딴판인 이 거리 저 거리를
빠져나가며
그대들 빠른 미소를 떠올린다
잘 있으라
손 흔들며 사라지던 포연 자욱한 그 길

이제 날이 밝았다
십년이 다섯 번 거듭되었다
셔터 누를 때는
일시 모두는 멈춰 서야 하는 거다
빛바랜 한장의 사진이
장막처럼 드리운 서울 하늘을 난다

비뚜름하게 올려놓은
중절모 아래서 구레나룻이 웃고
청년시인 아무개도 웃고 있다
잘 있으라
꿈과 열정의 한 시대여

흰 돌이 눈부시고
강물이 비스듬히 흐르는 그 길
잘 가꿔진 보리밭 감자밭도 있는
옛날에 보았던
내 고국의 한낮에
다시 만나보리.

말의 정의

온갖 것이 축축한
장마에
헛간문을 열자
벽에 걸린 호미날이 반짝거리는 것을
'돌아섰던 애인과의 만남'이라 한다

가라오께에서
시인이 「신라의 달밤」 부르는 것을
'쌍둥이 젖 먹는 시간'이라 부른다

잡초는 찍어도 자란다
잡아당겨 뽑히는 놈도 있으나
대개는 뭉텅 줄기만 잘린다
이것도 살겠다고 이러는데
이런 징그러운 연민이 생기는 것을
'가오리의 날개'라고 한다

팔순 노인이 꿈에
젊은 여자와 문제 일으킨 것을

‘에티오피아 군대 입성’이라 부른다

사막에서
엄숙하기로 이름난
작가 아무개씨가
한 미치광이 여자를 만나
그녀 구애에 진땀 빼는 것을
‘추억의 화투놀이’라고 한다

지하철에서
낙치(落齒)가 다 된 노인을
세워두고 구경만 하는 것을
‘사도왕림’이라 부른다.

기억 속의 비전

중학교 때
한 반이었던 이용악의 아우 용해는
우둔할 만큼 공부를 잘했는데
그는 벌이를 못하고
누워자빠졌기만 하는 시인 형님을
나직한 말로
우리 집은 형님 때문에 망했다며
히죽 웃었다

점심시간이 되어
왁자지껄 모두 도시락을 먹을 때도
그는 찬 보리밥덩이를 두어 번 입에 물고는
콘싸이스를 보느라고 종내 얼굴을 들지 않았다
이용악의 시를 별로 좋게 여기지 않는
시인 김기림이
영어시간이면
그에게 반짝이는 격려의 미소를 던졌으니
모두는 그애를 다시 볼밖에

소크라테스라 불린
인내심 강한 용해는 해방 뒤에
아깝게도 장질부사로 죽었지만
게으른 시인 형님을 원망하며
지독히도 공부하던 그애의 어수룩한 모습이
가끔 생각난다

거미줄과 좁쌀과 국수집 이야기가 나오는
우스꽝스런 이용악의 시는
멋은 있어도 어딘가 낡은 초롱불 같은 분위기여서
한창때의 우린 별로 좋은 줄 몰랐으나
월남해서 떠돌이로 고생할 시절
충무로 3간가 4가에서
『오랑캐꽃』을 샀다
우그러진 도시락통에 반찬도 없는
보리밥 두어 덩이 갖고 다니며
지독히 파던 그애 생각을 하며
주머니를 몽땅 털어
시집 한권 샀던 것이다

그것은 이용악의 친필 서명이 든
고전미 풍기는 양장본 시집이었다.

무정한 도살자

돼지를 도살하기 위하여는
회초리를 들고 먼저 쫓는다
우 하고 돼지가 흩어지면
맛난 콩이나 강냉이 사료 그릇을 흔들어
다시 불러들인다
우둔한 돼지는 꿀꿀거리며
발밑까지 모여든다
이때를 놓치지 않고
겨드랑이에 꼈던 대검을 뽑아
가장 순하게 주둥이 치켜든 놈의
정수리를 내리친다
눈 깜짝할 새의 일이다
머리에 칼을 인 돼지는 허둥지둥 달아나다
저만치 가서 쿡 쓰러진다
인근에서 무정한 도살자로 불리는
이 고리눈의 뚱뚱한 사내는
전에 특수공작부대에 다녔다고도 하고
월남전에 나가서는
훈장도 다섯 개 탔다고 했다.

행렬

한마디 항거도 없이
컴컴한 구름 밑을 줄지어 가는
저 사람들은 누군가
찢긴 백기같이 희끗거리는
저 숨죽인 사람들의 행렬을 보라

까마귀도
짐승도 울지 않았다
다만 나무숲이 무성하게
타는 푸르름을 더하고 있을 따름
십자가 쓰러지고
수많은 불기둥이 하늘 공중에 솟구친다
주먹으로 입을 씻는 사형집행인
혈육의 피는
이 가슴에서 저 가슴으로 흘렀으나
슬픔과 비참의 세월을 가늠할 힘은 없다

아, 이 많은 흙이여 적막이여
산이여 구름이여 악마여

아침해
저 산 너머에 다시 떠오를 때까지는
핏발 선 눈 들지 않은 채
흙도 덮지 않고 누우리
저 희끗거리는 사람들은
돌인가 산인가 바다인가
저 사람들은 누구인가.

혼자 웃는다

가난해보라고
그래야 뭐 좀 알게 되리라고
'중정'에서 책 3천부를 압수해 갔다
영세한 출판사 하고 있을 때다
1975년 첫여름
그날은 부슬부슬 비가 내렸지
책과 함께 남산에 붙들려가
한 열흘 갇혀 있었지
사회당 당수 김철이 쓴
『오늘의 민족노선』이란 단행본
책이 시중에 나가보기도 전에
일이 이렇게 되니
5푼 이자 주기로 하고 빌려다 쓴
개성할머니 돈은 어떻게 갚나
하늘이 점지하는 건가보다
좀더 가난해보라고
그래야 뭣 좀 알게 되리라고
신기한 느낌이 들었다
밤 1시쯤이면

불러내다 취조를 하는데
무슨 이유로 이런 불온한 책을 냈느냐
김철하고 매우 친하다는데
사회당에 자금은 얼마나 대줬느냐
있는 대로 말하라
그렇지 못할 때는 풀려나지 못한다
그렇지만 나는
김당수하고 학교 동기인데다
그가 하도 간청해서 부득이 낸 것이며
내용을 훑어봐도
공산당을 찬양하거나 이롭게 하는 부분은
결코 없노라 일관되게 변명했다
밤공기가 차 떨리는 몸으로
조사관 앞에 앉아 있노라면
반장이 그래서, 그런 다음에는, 그렇다면
거기서 당신이…… 하고 심문하는데
저쪽 테이블에서
멍하니 천장 쳐다보고 있던 호랑이 과장이
갑자기 소리를 질렀다

'연이면'이야
그렇다면 그래서 그렇다고 한다면이 아니야
'연이면'이라고 써 라고 고함쳤다
그 와중에서도 나는 우스워서
슬그머니 웃음을 삼켰지
녀석이 아는 체하기는 한다마는
그건 일제 잔재야
일정 때
죄 없는 농민 붙들어다놓고
두 눈 부릅뜬 일경이 조서 꾸민다며
쉴새 없이 내뱉던 말
연이면(시까라바)이 아닌가
세월이 지나갔다
길을 걷고 있을 때 가끔
그 호랑이 과장 얼굴이 떠올라
혼자 웃을 때가 있다
연이면. 일제 잔재! 일제 잔재!

그것도 현실은 현실이다

정도상의 소설 「개 잡는 여자」를 읽은 날 밤에
이런 꿈을 꿨다
강도가 들이닥쳐
이 늙은것이 현찰은 왜 한푼도 없냐면서
비수로 가슴을 찔렀다
나는 피를 흘리며 대로를 질주하다
불야성을 이룬 어느 요리점 앞에서 쓰러졌다
그곳은 북경 아니면 상해 같은 대도시였다
아이들이 달려들어 나를 일으켜 세웠는데
이 애들은 먹을 것 제대로 못 먹은
북한 어린이들이라 했다
우리는 유리창 밖에서 궁궐 같은
그 집안을 들여다보았다
요리점 안에서는
점잖은 서양 손님 둘이
원숭이 요리를 맛보고 있다
산 원숭이를 붙들어다
요리사가 망치로 짐승의 정수리를 치니
골수가 불끈 솟아올랐다

그것을 두 서양 손님이 젓가락으로 집어 맛보는데
입에서는 원더풀 원더풀 하는 소리가 계속됐다
한 사람은 T. S. 엘리어트같이
머리를 깨끗이 빗어올린 자이고
또 한 사람은 제임스 조이스같이
코밑에 노랑 수염을 기른 자였다
에즈라 파운드 영감은 아니었다
우리는 아무 말 없이
임꺽정에 나오는 돌석이같이
주먹만한 돌을 그 집을 향해 날렸다
어디 맛 좀 봐라 이놈들
이렇게 외쳐대며 아이들이 돌을 던지자
요리점은 순식간에 박살났다
이윽고 이북 어린이들과 나는
밤하늘을 훨훨 날아
어느 자유의 섬나라로 탈주했다
그런데 우리들 등뒤에서
악쓰고 외쳐대는 여자 목소리가 있었으니
이 작자야 여자만 보면 그것밖에 생각 못하는

개 같은 자야
내 손을 보아라 피 묻은 내 손을
나는 개 잡는 여자다
너도 어디 가서 돈이나 벌어오든지
그렇잖으면 썩 뒈져버려라
여자의 앙칼진 목소리는
우리가 섬을 향해 날고 있는 동안
줄창 귓전을 때렸다.

재판정의 파리

찌는 듯한 더운 날씨였다
법정에는
여남은 명 시국사범이 끌려 나와
선고를 받는 중이었다

단식중에도
책은 많이 읽었는지
학생들의 총명한 눈이
깨끗하기 별빛 같았다

재판장이
엄숙하게 판결문을 읽었다
"학업에 전념해야 할 학생 신분으로
감히 체제 전복을 기도, 선동한 죄는
엄벌에 처해야 하므로" 하고
장내를 한번 훑어볼 때다

어디서 날아왔는지
커다란 똥파리 한마리가

윙 원을 그리더니
재판장의
콧등에 와 앉았다

거룩한 파리였다.

검은 바다

정보사 땅 3만 3천5백평
동두천 영평리 임야 19만평
강원도 속초시 용대리 산 7만 7천평
대동강군 승호리 전답 및 임야 8필지
총 49만 9천평, 이것도 팝니다
해주읍 신장리 농경지 19만 8천8백평
1만 2만 한평 두평 세평
1만 2천봉 팔만대장경
교육원부지 매매대금 2천억
덕×궁 창×궁 남산
수의계약 매매대금 총 3조 3천5백억원
제주도 매매대금 10조 8천억
땅이 넘어간다
땅이
돈 쥔 녀석은 날아라
바람에 날고 불에 날고
핵탄 타고 날아라
거대한 톱날이
천년 묵은 아름드리 나무에 박힌다

땅이다 땅

서녘해 붉게 타고

용기를 위하여는

아직 숨이 붙어 있는

짐승의 간이 제일

높아가는 파도

미친 바다가

헛되이

땅을 울리며 밤새도록 운다 땅 땅

2백원짜리 라면을 맛있게 먹던

한 거지가 푸념하듯 한마디 했다

이래 봬도 나도

장래가 있는 놈이라오.

용기

노동도 했다
일이 일생 따라다녔다
원해서 한 것도 있고
그렇지 못한 것도 있다
노동이 시간을 몽땅 앗아갔다
익사 직전에 건져올려졌을 때처럼
푸르게 보이는 자연은 없다
탄알은 문문하게 육체를 뚫고 나가
산허리에 박히고
까만 총구에서 흰 수염같이 연기가 났다
담배 한 개비를
다 빨지 못하고 쓰러진
그의 무덤에
깃발을 세워본들 무엇 하리
나는 음악을 연주하지 않으련다
첨단기술과 학문이 혹은 의학이
아무리 발전한다 하더라도
가슴에 웅크린 시꺼먼 멍을
내보일 용기는 없다.

나눔의 경이

아이는
사탕과자를 넣고 나가더니
동네 아이들한테
다 나눠주고 나서
어, 내 건 하나도 없어
하고
당황한 얼굴을 했다
빨갛게 언 두 볼이
나긋나긋했다

자선사업가가 자선을
이 아이같이 했을 때의 경이로움.

노임을 받을 때

춘삼이는
소주 한잔 마실 때가
한나절 중
가장 기쁘다
오징어를 찢어 씹으며
먼지 뒤집어쓴 낯짝에
하얀 이를 드러내어
반짝 웃는다
때마침 겨울 해는 진다
일당 몇만원의 노동이
무겁기는 하지만
시마이하고 한잔 기울인 다음에
품삯 받을 때는
그게 그렇게도 고마울 수가 없다
당장 그 돈어치만큼은 살 수 있기 때문이다
일 시키는
주인집 아주머니는
상냥하게 대했으나
속으로는 기르는 두 마리 개보다도

낮추보던 것이다
하지만
품삯을 탈 때는
머리를 숙여 고마움을 표시했다
공손하게 구는 게 득이지
괜히 우쭐대다간 다시 불러주지도 않을 게다
품팔이 생활 수십년에
배운 것이란
노임 앞에서 마냥
겸손할 수밖에 없다는 것이다
저승에 가서는
나도 무시무시한 부자가 되고 말 것이다
두 주먹 불끈 쥐며
밤하늘에 대고
춘삼이가 외는 독백이
번개같이
우면산 능선 위를 달린다.

모순의 황제

너의 소아병을
내게 팔아라
취미는 갖고 가거라
벌판이 될는지 구름이 될는지
그건 알 수 없다
강물이 되돌아다보며 흐른다
사람은 멀리에서부터 온다
쑥갓밭에서
철학이라는 노오란 빛살이 나왔다 해서
기절하거나
낙담할 것은 없다
탯줄에서부터 세상살이에 맞게 나온 자는
오만불손해서 못쓴다
우여곡절 없이 어찌 오늘이 있겠냐
죽는 잎이 있으면
살아나는 잎이 있다
치마폭에 감기는 봄바람 보아라
20년 전 달래 캐던 언덕에
저렇게도 높은 공장굴뚝 솟았구나

시인은 죽었다
그러므로
동두천에 가는가 하면 양평에 달려가고
하루에도 수백리를
떠돌게 되는 거다
텔레비전 광고 많이 봐라
걸레 수세미 될 때까지 보아라
자질구레한 살림살이
이제는 더 못 참는다
소리 없이 부수고
소리 없이 뉘우쳤고
수십년 사귀었으나
끝내 그년이 자주지 않는다고
분해하는 최군의 심사 알 만하다
하지만 불행할 수밖에 없는 연애를
사모하는 능력도
늠름하기로 말하면 고래만큼은 하다
낚을 바에는
썩어들어가는 땅에서 고래를 낚으라고

최군한테 일러라
단테나 괴테같이 점잖은 사람도 있다
사나운 꿈 많이 꾸는 점잖은 사람 되거라
매일 밤 대여섯 가지 기괴한 꿈을 꾸는 건
아직 정신이 살아 있다는 증명이니라
땀에 흠뻑 젖는 꿈을 꾸도록 노력하자
땀, 그것은 불이 일어서는 모습이다
70년대는 톱니바퀴
80년대는 매춘과 감옥 증축
90년대, 그것은 녹 안 나는 스텐 호루라기
2천년, 그건 벌거벗고 달리는 운동회날이다
장님이 한 분
서툴게 지팡이 끝으로
시멘트바닥을 때리며 간다
그는 말하는 법이 없다
그가 지나간 자리에
제주도 넓이만큼한
공간이 하나 남는다
여백이 나의 시선을

지평선 저쪽으로 날라간다
단칸 셋집에 이사 온 최서해가
친구 초청하고 풍롯불 피우느라
세차게 부채질하는 걸 보아라
손등에 살아나는 파란 핏줄이
오늘따라 창창하다
『현해탄』 시집 출간 축하모임에는
장안의 문사들 다 모였다
일제 고등계형사도 한놈
밖에서 대회장 안을 점잖게 기웃거린다
사회 보는 김남천이
시의 목적은 결국
실천적 비평이라는 독특한 덕담을 내놓자
오늘은 화사한 명주 바지저고리 입은
김기림이 축하 건배 제창한다
정지용이 착 가라앉은 미소 띠고
홍명희 이원조 이태준 등과 눈인사 나눈다
역사는 저를 거부하는 자를
끝내 돌보리라

그런 까닭에 역사는
튼튼하게 나이를 먹어가는 거다
폭포같이 줄기찬 역사의 이끼여
죽음을 딛고 일어서거라
베토벤의 피아노 협주곡은
종로 거리에서
목이 쉬어 운다
영구차도 없는 황제가 뭘 할 것이냐
숫돌에 간 축음기 바늘이
머리털 타는 냄새를 내는
찻집 제비에 가을바람 늘씬한데
이상은 이틀째 출타중
스트라빈스키는
전운 감도는 구라파의 하늘을 낮게 나는
바우하우스의 기계였다
하지만 피카소는
고철과 돌멩이를 주워
저고리 주머니에 쑤셔넣는 광부
피카소의 반짝이는 까만 눈이

쎈느 강 기슭을 긴다
그의 혈관 속에 흐르는 동양의 피는
중국의 육중한 별을 연상케 했다
두 아들을 교통사고로 잃은
말로가 탁자 위에 찻잔 내려놓는 소리
대창 같은 빗줄기가
아직 땅바닥에 내리꽂힌다
바람을 피운
클린턴 대통령이
마이크 앞에서 짓는 표정은
어머니한테 꾸중 들은 장난꾸러기 아이 모습이다
횡단보도에서
파란 불을 기다리는
황지우의 두 손 중 한 손이
주머니 속에서 빨간 전라도 노을을
붙잡는 동안에도
무등산의 세월은 유유히 흘러가는구나
남쪽에서 올라간 문인들과
박헌영이 숙청될 때

그 무자비한 날에

부수상이요 임꺽정의 작자인

홍명희는 뭘 했나

후배 문인들을 살리지 못한 벽초는

그다지 위대하지 못하다

임꺽정은 애꿎은 애들의 장난감 몽둥이

위선은 잘난 척하는 데서 시작된다

온 세계 다 둘러봐도

머리 숙인 자 한놈 없으니

다시 해 뜨고 하늘이 열리는 게 원수

시를 쓴다는 아가씨야

해바라기씨 많이 먹어라

손 한번 잡아보고

어찌 그 사내를 안다 하겠느냐

실천적 진리

해바라기씨는 그것을 너에게 안겨줄 것이다

위안받고 싶다고

그렇다면 저녁마다

고함지르고 싶은 충동을 누르고

텔레비전이 하는 연속극을 보아라
죽은 체 바보가 되어가는 게 진보라는 거다
1천만이 각기 다른 소리 질러대니
동서화합 과히 멀지 않고
정치지망생마다 장차 영웅이 되리라
평양개는 서울하늘 쳐다보고 짖고
남쪽 소 북녘 들판 넘겨다보며
활짝 웃었다
부자 부자
부자 되고 싶다면 책 많이 내라
99권 아니라 9천권쯤 시집 내라
거지 거지
거지 되고 싶다면
책 한권 내지 마라
김삿갓, 네르발같이 종적없이 죽어라
다 몰라보고 잊어먹는 한이 있더라도
저 한 점 소슬바람이
너를 기억해주지 않겠느냐
중금속 머금은 소슬바람이……

의자

식은 찻잔 두 개
여자의 손이 젊은이의 목에 얹힌다
젊은이는 여자의 허리에
비스듬히 팔을 감았다
섞는다 숱한 이야기를
말에 의미가 없을수록
심장이 부푼다
저기 앉았는 노인은
이미 우리 시대의 것 아니다
개의할 것 없다
그는 의자 위에
허허로이 꿈을 걸쳐놓는
낡은 기계다
두 사람은 새삼
남남같이 서로의 볼을 맞댄다
키스했다 아니 그 이상의 것도
순간 포크레인이
옆집 슬라브콘크리트를 우장창 허물었다
80년대를 파괴하는 건 한 줌 바람이면 된다

하물며 70년대 60년대랴
방어
그렇다 괜히 만날 이유 없다
꼭 껴안고 우리의 적으로부터
고립을 보호하는 거다
다시 한번
팔을 목에 감고
물고기 같은 손을
어깨에 얹는다
유리창을 기웃거리는
비에 젖은 덩치 큰 사내 하나.

오장환이네 집

이북으로 간 오장환이네 고향집 기운 기둥뿌리에
전파가 와닿는다
부엌을 가로지른 거미줄
여보세요 여보세요
오장환 씨 계시면 바꾸시오

여기는 허물어진 낡은 성벽의 돌더미
그가 눈물짓던 이끼 냄새
개미, 구름 썩은 항구
그밖에는 아무것도 없소

늙으신 시인의 어머니는
병들어 누운 아들을 위해
돈 1원을 꿔다가 닭 한마리를 고았다

이 닭다리 하나 먹고
어서 서울 올라가 이번엔 취직 꼭 해라
사내자식이 평생을
벌이 안되는 글이나 쓰면 뭘 하겠냐

하지만 네 소원이 꼭 그거라면
이 어미인들 어찌하겠냐
장환아, 안 그러냐, 안 그러냐?

고무신

옛날에
박봉우라는 시인 있었습니다
이 사람이
지금의 조선일보 옆골목 입구에
떡 버티고 서서
히틀러같이 한손을 펴 꼿꼿이 들고
인사를 합니다
흰 와이셔츠 소매는 한쪽은 걷어붙였으나
한쪽은 때묻은 채로 손등까지 축 늘어졌습니다
그가 쓴 『휴전선』이란 시집을 칭찬해주면
꾸벅 절하고, 또 이런 데 저런 데는
조금 날렸더라, 비평 비슷한 말 지껄이면
삽시간에 얼굴이 창백해져서
당장 노기를 내뿜었습니다
흰 고무신을 신은 그가
뒤도 돌아 안 보고 세종로 방향으로
달아나듯 하는 뒷모습은
꼭 서툰 시골 농부 같은 모습이었지요
군사독재 시절

데모하다 전경들에 번쩍 들려
호송차에 실릴 때의
함석헌 선생 고무신 생각이 납니다
사람들 머리 위에 고무신만 반짝 희었지요

시인의 고무신과 함옹의 고무신
이 두 켤레 흰 신발을
한폭 수묵화같이
짙푸른 하늘가에 그려본답니다.

운명 앞에서

아편보다 나쁘다는
담배 하루 두 갑
(어디까지 견디나 두고 본다)
이빨은 빠져 죽 먹지
시를 읽지 못한 날은
손을 씻어본다
아무 생각도 안 날 때는
김립의 강인한 지팡이를 그린다
강남역에 가면
나 같은 노인 한 사람 볼 수 없는 게
겁나 미친 듯 달리지
노인은 다 어디로 잠적했나
세상은 컴퓨터판인데
어디로 잠적했나 먼 인생의 노고
정신을 맑게 하는 황진이의 가야금
멸하여가는 것에 눈물을 기울임은
분명 멸하여가는 나를 위로함이라
외투 벗어 전당포 맡기고 마시는
시인 오장환의 술잔 위에

맑디맑은 샛바람 인다

눈보라는 친다
사람냄새 그리우면
베어물라
드높은 하늘의 푸른 자락 한점을
아이야 너는 장차 자라서
나폴레옹이 되든지 베토벤 되든지
빅톨 위고 되든지 안중근 되든지
아, 멀다 깨끗하다 장래
오늘의 이 어지러움을
눈 딱 감고 이겨내라
그러면 진인 된다 사람이 된다
쥐약 먹은 놈같이
비틀거리며 하루하루 무사히
목숨 부지하는 데 길들여져가는
나는 베짱이
눈물을 흘려본들 쓰디쓰다
고향도 형제자매 다 잊고

사는 데 급급한 불쌍한 노인
남한의 약하디약한 시인
저 혼자의 취미에 오붓하게 만족해 사는
거랑꾼 같은 놈이라
(이래도 되는가. 됐지 뭐.)
북쪽에서는
살얼음판을 딛고 사는 배고픈 사람들이
웃음 한번 크게 웃는 일 없이
두 주먹 쥐고
희멀건 하늘 복판을 달리고 있다
운명이라
질긴 것은 운명이라
희망이 행동에서 왔다면
죽음을 초극하는
한 시대의 행동은 다 어디로 빠져나갔나.

진혼가

통일을 못 보고
가는 벗
잠드시라
여기 대동강에서 떠온 물이 있고
한강수가 있다오
이 물로
그대 심장을 식히소서.

죽여주옵소서

놀다보니 다 가버렸어
산천도 사람도 다 가버렸어

제 가족 먹여 살린답시고
바쁜 체 돌아다니다보니
빈 하늘 쳐다보며 쫓아다니다보니
꽃 지고 해 지고 남은 건 그림자뿐

가버렸어
그 많은 시간 다 가버렸어
50년 세월 어디론가 다 가버렸어
이래서 한잔 저래서 한잔
먹을 것 입을 것
그런 것에나 신경 쓰고 살다보니
아, 다 가버렸어 알맹이는 다 가버렸어
통일은 언제 되느냐
조국통일은 과연 언제쯤 오느냐

북녘

내 어머니시여

놀다 놀다

세월 다 보낸 이 아들을

백두산 물푸레나무 매질로

반쯤 죽여주소서 죽여주옵소서.

제4부

절규

벤치가 비자
그가
한 팔로 해를 가리고
드러눕는다

오늘 같은 날은
부엉이는 몰라도
까마귀 하나는 울었으면 싶지만
그런 일은 없다

스톱! 갑자기 비명에 가까운 외침소리
차는 큰길가의 빌딩 유리벽을 관통하여
삽시간에 공원으로 돌진한 다음
그를 덮쳤다

아니, 죄송하다니
사람을 치어놓고 죄송하다니, 이 악귀 세상
빈 데 대고 소리쳤는가 싶더니
그가 꽝 땅바닥에 쓰러지고 말았다.

해 뜨는 아침을 기다리며

완전한 증명서를 가져본 일이 없다
검문에 걸리면
이게 마지막이란 생각이 들었고
얼음이 서걱이는 벌판을 헤맬 때는
늑대라도 만났으면 싶었다
밤에만 탄 기차
밤에만 건넌 철교
길을 물을 때는
그래도 여자가 마음이 놓였다
어디로 가나
그믐달 아래 희뜩희뜩
눈이 깔린 벌판을 기차는 간다
말 한마디 건네는 일 없이
모두는 꼿꼿이 앉아서……

강남역

달아났다 노인들이
의정부 동두천 방면으로
아니 아산만 쪽으로 갔을까
아니다 강원도 쪽이다
구름 타고
더러는 달구지 빌려 타고 갔다
업어주고 안아주고
어미 대신 우유 보리차 먹여 키웠는데
우리 손자 손녀
어느새 저렇게 컸구나
강남역 근처는
젊은이들 나라
거기 노인 끼어들 틈 없어라
넘실거린다 물결
흘러라 한 시대의 끝은
도망갔다 예의바른 노인들이
나 또한
지하도 계단 기어올라
숨 몰아쉬며 달아났다

달아났다
강남역에서.

역사

그 지팡이는 이리 주게
전쟁터에서
지팡이가 될 말인가
자네는
내 뒤만 따르게
앞을 보아도 안되고
뒤를 보아도 안되네
피차
숨이 가쁘고
가슴이 텅 빈 것 같은 이 기분은
우리가 살아 있다는 증거에 불과해
모두들 갔네
울며 불며
저 언덕을 기어올라들 갔네
이 넓은 들판에
아무도 안 보인다고?
그렇다네
한번 넘어선 고개는
다시 돌아올 수 없다네

그대로 가는 것일세
보이지 않는 줄에 매여서
가는 것일세
아득히 연기에 싸여서.

인제 가면 언제 오나

치맛자락 걷어올려
어머니는 또 눈시울 훔치시네
인제 가면 언제 오나
강물 흐르는 것만 바라봐도
집 나간 자식 생각에
한번 떠난 뒤엔
종무소식인 그것들 때문에
가슴 복받치는 것 있나니
장난에 팔려 공부는 뒷전이라
야단치며 키울 때가 좋았었지
다 크면 떠나는 것을
강물처럼 멀리 가버린 것을

강물을 전송하는 건
어머니뿐이 아니다
숲은 숲대로
언덕과 나무와 밭
먼 산이 등을 일으켜 굽어보고
희뜩거리는 돌밭이

저들의 잔치를 벌였다
골짜기 키 작은 꽃들이
다소곳이 일어서서
흐르는 물의 장도를 반긴다

산허리를
질펀한 들과 농토 아래를
험한 낭떠러지와 깊은 골을
굽이굽이 휘돌아
이제 강물이 훤한 넓은 들
여주 양평 벌 흐르나니
하늘의 빛살이
빈 데 없이 쏟아져
무수한 거울이 숨바꼭질하는 수면에
산들바람 스치고
두어 마리 흰 새 느릿느릿 난다

벌써 바다가 가까웠다는 것을
물은 아는가 보아서

아이들처럼 우쭐대며 숨이 차
기쁨의 눈물조차 뿌리며
정답게 손짓한다
산지사방에서 모여
하나가 된 물이
대해를 향해 출렁이며 간다

검은 물 흰 물 황토물
너그러이 삼키고 어깨 들썩이며 간다
기쁨과 슬픔이 뒤엉킨 몸부림
춤과 음악과 희망을 함께 걷어안고
긴 도정의 마지막 관문을 스친다
두 기슭을 핥는 물의 따뜻한 체온이
흰 모래밭을 조용히 적시고 있다

저 김포 서녘 하늘가에
놀이 핏빛으로 탈 때는
너희는 바다의 심연에 다달을 게다
넘실대는 바다가

가슴을 헤치고 기다린다

안겨라
밑모를 그 해저 깊이
네 자란 산천을 떠나
더 넓은 세계와 한몸이 되는 거다
갈매기와 배들도
너의 입성을 맞기 위해
사뭇 분주하다

너희는 거기서
형제인 대동강과 압록강
금강과 낙동강을 만나리라
저 멀리 동해바다 에돌아 오는
두만강과도 만나 손잡겠구나

대지는 작열하고
8월의 태양 이글대는 이 강가에서
밭일 하는 농군들도 가끔

허리를 펴고 너를 바라보며
가는 세월을 탄식한다
풀도 나무도 익어가는 곡식도
네 쉬임 없는 흐름을
옷깃 여미고 전송하는데
어머니는
치맛자락을 걷어올려
눈가로 가져가네
인제 가면 언제 오나

물아
네 형제들끼리
바다의 벅찬 숨결 속에서
하나가 되거라
그런 다음에는 승천하여
네 고국 산하에
안개와 구름과 물이 되어
다시 내려오너라

강물이 서둘러 흐른다
쪽빛 하늘이 쨍쨍 소리를 내는
우리의 8월.

망설임의 계절

서리 내린 뒤에
들은
여름의 상처를 치유하느라 바쁘다
까마귀 울었던가
새신랑
오토바이 타고 강건너 길 달렸다
지금이 2001년인 줄도 모르고
나는 휘청 자빠질 뻔했다
파운드가 쓴 바람 풍(風)자
한쪽 획이 기울고
서양과 동양의 해 저물었다
눈이 내릴까
하늘이
아직 생각중인 것 같다
병은 언제 낫는다는 기약 없이
낫기도 하거니와
영 그렇지 못한 경우도 태반이다
언제 가도 되는 준비
사람에겐 그것도 필요하지

아이야
너희들 얼굴 힐긋 보는 게 가뿐한 낙이다.
만약 내 무덤이 널찍하기만 하다면
너희들에게
운동장인들 왜 못 만들어주겠냐.

하늘 꼭대기에 닿는 것은 깃대뿐이냐

대가리 비뚤어진 놈 나오너라
반복이다 물도 자동차도 반복을 먹고 산다
폭력을 저주하는
입 비뚤어진 귀여운 자식 나오너라
눈물 떨어뜨리다니 보도 위에 고얀 놈
미라가 미래를
대나무 꼿꼿한 줄기에 얽어맨다
보증 섰다 집 날린 놈 나오너라
보들레르
키 74센티밖에 안되는 여자
데리고 사는 놈 나오너라
만물조응이다 매일매일 건배하자
글씨 쓰고파도 못 쓰는
김구용의 수전증 고칠 약 내놓아라
천상병이 두고 간 고물딱지 손목시계가
광화문통의 오후 3시를 가리켰다
새는 운다
목월 목월 기림 기림
이승에서도 저승에서도

백년의 피로를 푸노라고
무덤 속에서 다리 꼬고 신음소리 내는
오든의 A, E, I, O, U
랭보, 망각의 역사 딛고 소네트만 쓰는 그는
가련한 베를렌느를 위해
노오란 한국산 바가지를 샀다
질풍노도
서산대사같이 생긴 이가
넘실대는 바닷물에
지하의 오적을 헹궈낸다
철썩철썩 물은 어디에서도
애교 부리는 강아지
자살, 햇살 아직 멀쩡한 한낮에
약 혼자 삼키는 게 억울했던 놈 나오너라
중앙선을 넘어
남의 차 다 부순 녀석 나오너라
가로수 들이받은 이방인의 작자는
에나멜같이 반짝이는 죽음을
신기루 속에 새겨넣는다

죽음을 이기는 법은 장난기 속에 있다
감방 쇠창살에 매달려
9천번 긴 한숨 짓는 놈 나오너라
아무리 남의 눈 없는 저승이라고
수영이 청마의 댓진빛 두루마기
걸치고 나오다니
자넨 누구한테 보이려고 옷 걸치는 건가
깔깔 웃으며 죽은 녀석
그 넋 지금 나오너라
뼈만 남은 이상의 옆구리 아프게 쑤시는
엉덩이 큰 금홍이년 나오너라
밤새껏
사납고 불길한 꿈만 꾸다
이른 아침 세수도 하는 둥 마는 둥
지하철로 달려나가는
착해빠진 월급쟁이 나오너라
뒷거리 쓰레기통에 쓰러져 죽은
네르발의 동냥주머니 나오너라
지금 세인트헬레나 벌거벗은 섬 상공에

갈매기 한마리 날고 있다
무의미다 아니 리얼리즘이다
남의 눈 의식하는 데 일생을 바친
문학가 예술가 학자는 나오너라
어슬렁어슬렁 나오너라
갚을 길 없는 농협빚 걱정에
풀 찍다 말고 호미 맥없이 쥐고
썩은 물 흐르는 냇가 찾아 내려가는
농군 나오너라
강냉이죽도 없어 못 먹이는
이북 아이들 애비 에미 나오너라
당 중앙
태양은 떴냐
중앙 중앙 대동강 대동강 나오너라
베토벤의 5번 틀어놓고
가짜 종군기자 완장 두르고 다니다
수면제 자살한 시인 전봉래 나오너라
평안도 안주 녀석 나오너라
네까짓 게 뭘 알아

너 나한테 한번 맞아볼 테냐
점프해서 키 큰 서양화가 면상을 갈긴
그래서 코피 흘리게 한 키 작은 시인 지용 나와라
아들이 다리 자르는 날
병원에 안 간 랭보의 인정 없는 어머니 나오너라
밥값 내라며
시인 시아버지 내쫓은 며느리 나오너라
아들 녀석도 함께 나와라
쓸데없이 만나지는 마라 여자를
지위와 안정이 없는 한
그녀가 어찌 앉은뱅이 같은 너에게 머물 것이냐
무겁디무거운 돌이 되는 게 상책이다
천년 동안이나 아내의 푸념을 들어준
소크라테스가 앉아 있다
오늘은 대운동회날이다
그 흔한 텔레비전에도 한번 나오지 못하는
숯가루처럼 콧구멍 시꺼메지는 운동회날
죽음과 열광의 경주날이다
몸은 지글거리는 불 속에 던져둬라

마음이야 여태 청춘임에 틀림없나니
잽싸게 정신이나 한번 해방해보자
비켜라
바퀴가 나간다
개미 나간다
솟구치는 개미 등에 반짝이는
귀 찢는 폭발음 서너 개
우리들의 축제
여기 시작된다.

비석에 대하여

돌을 깎고
금을 다듬어
비석을 수없이 세운들
무효다
밭 갈고
씨 뿌리는 그날에
무효
세상이 새로 열려
새 사람들 일어서는 날에는
자리 내놓아야 하지 않겠는가
만년을 기약하여 다진 주춧돌도
앳된 사람들 마음대로
이리저리 옮겨지리라
아무것도 없는 허허벌판에
새로 건설되는 순하디순한 젊은이들의 나라
그런 나라가 있을 수 있는 것이다

악몽이었다
악몽이기에 모두의 뇌리에서 사라지리라

갈아엎은 땅에 뿌려지는
생명의 씨는 깨끗한 불이요 물이요 흙

길 가는
허리 굽은 저 노인 붙들고 물어보자
대형 트럭에 흙을 넘쳐나게 싣고
경적 울려대며 가는 운전기사에게
장바구니 들고
시장바닥의 싼 것에만 마음을 쓰는
젊은 아줌마에게
노동자 농민에게 사무원과 학생에게
망연자실한 지식인에게 물어보자
이 꿈이 진실인가 아닌가를
우리 모두에게는 있다
마음의 비석이
눈에는 보이지 않는 진짜 비석이
한개씩 있다.

끌려가는 삶

어느 미전향수의 수기

아이구
이 언덕에서
숨이나 돌려 갑시다

당신에게도 처자식 있겠지
그렇담 더욱 쉬어나 갑시다요
양대가리
소대가리
두환대가리
태우대가리
개대가리
왜가리대가리
다 보이는 이 언덕에서 말입니다요

쉬어 갑시다
50년 동안의 감옥생활 마친 나라오
내가 죄인인지 당신이 죄인인지
그걸 뉘라서 알기라도 하겠소
게 무슨 소리냐고?

뒤집고 보면
끌려가는 나나
끌고 가는 당신이나
다 매한가지란 그 말씀이외다
그저 매한가지 그저 매한가지……

그날에

그 느릅나무는
잠자코 가지를 뻗고 있을까
새들이 날아오고 있을까
일렁이는 낮과 밤이
무작정 스쳐간 뒤에
그 기억을 토대삼아
미명같이 어슴푸레한
새로운 시간의 아침을 맞고 있을까

새벽달이 질 무렵
둔탁하게 울던 부엉이의 추억도
가족들의 높고 낮은 말소리도
하나 빠짐없이 간직하고
슬픔도 기쁨도
오직 너의 중심에 맡긴 채
동그란 고향 하늘 아래 숨쉬고 있을까

우리 집 우물가의 장한 느릅나무
무섭도록 무럭무럭 자라

비 오는 밤이면
후두둑 머리를 풀어헤쳐
귀신처럼 어린 가슴을 조이게 하던
오, 수많은 전설을 지닌
외로운 그림자여 나무여

통일이 되면
너를 어떻게 만나야 할까
그것이 마음에 걸려
너와의 대화를
미리부터 생각하게 되는구나
하지만
나는 너에게 할 이야기가 아무것도 없고
두 볼에 흘러내리는 눈물과
두근거리는 가슴으로
나의 혼을 너에게 맡기는 게 고작일 게다

나무여 나의 느릅나무여
이야기해다오

반백년에 걸친 그 많은 이야기를
나는 너에게 기대어
네가 하는 그리운 이야기를
황홀히 듣고만 있을 게다
온갖 슬픔과 시름을 누르고
네 정다운 이야기를
넋 나간 사람처럼 오래도록 듣고 섰을 게다.

저승에서 온 어머님 편지

일하다 가는 곳이니라
산 사람이야
그런 대로 살지
일만 하다 가는 사람
불쌍히 여겨라
가엾게 여겨라
북녘이든 남녘이든
그래 맞다
일만 하다 떠나가는 곳이니라
얼마나 많이 기다렸는지
너를 보게 될까 하여
오래도록 기다렸다
세상은 일만 하다 떠나는 곳
얘야 날아다니는 혼이 되어
이곳에서나 다시 보자
다시 만나자
얘야, 38선 없애버리고 빨리 오너라.

플라워다방

보들레르, 나를 건져주다

1948년 여름에
소공동 '플라워다방'에
들렀다

정월달에 남으로 온 나는
남쪽 문인들은 어떤 사람들인가 하고
그곳을 찾았다

'플라워다방'에는
『문예』 잡지 필진들이 모인다 했다
과연 그곳에는
김동리 조연현 곽종원 조지훈
서정주의 아우 서정태, 이정호 이한직 등이
모여 있었다

안쪽 구석 테이블에서
한창 원고를 갈기고 있는
베토벤같이 헝클어진 머리를 한 이는

중국서 온 소설가 김광주라 했다
처음에 나는
저 사람이야말로
남쪽 큰 작가가 아닌가 하고
그쪽만 주목했다

김동리는 수인사 끝나자
이태준의 안부를 묻고
북에서 「농토」를 발표했는데
어떤 내용이냐고 물었다
서울 물정에 어두운
초면의 문학청년에게
김동리는 비교적 친절했다
그의 경상도 말씨는
여기가 과연 '남조선'이구나 싶은
감명을 안겨줬다

내과의사 같은 인상을 한

깡마른 조연현은
콧등에 밴 땀방울을
훔칠 생각도 않고
임화 안막 최승희는
어떻게 하고 있느냐
호기심을 갖고 물었다

내가 학교시절 김기림 선생한테 배웠다니까
그분은 지용과 함께 문학가동맹을 해서
요즘은 활동 못하게 됐다고
잘라 말했다
다른 테이블로 옮겨 가더니
두 다리를 탁자 위에 올려놓고
누구보곤지
경주 갈라나? 나 안갈련다 마
하고 소리쳤다
아마 조지훈보고 건네는 말이 아니었던가 싶다

곽종원은

오늘도 서울역에 나가
우리 쪽이 좌익 네댓명 잡았다고
무용담을 비쳤다
그가 쓰는 평론은 읽은 적이 없으나
네모반듯한 얼굴이 아주 건장해 보였다

미쓰 윤이라는 자칭 시인이
머리를 올 백으로 곱게 빗어 올린 이정호를
사모하는 모양으로 애교를 한창 떨었다
서정태는 윗저고리에
장미꽃 한송이를 꽂고 좋아했다
과연 문예파들이구나 싶은 감흥이 솟았다

검은 안경테가 유난히 굵어 보이는
조지훈의 턱은 고고하게 긴데
창백한 얼굴의 지식인 시인 이한직이
그와 다정스레 담소했다

촌놈이

다방이 무엇인지 알기나 했으랴
두어 시간 땀을 흘리며
이 사람 저 사람 두루 인사 나누며
된 소리 안된 소리 지껄인 후에
카운터에 가 접대한 분들 커피값을 계산하니
일금 900원이라
수중에 단돈 100원밖에 없는
이북내기는 참으로 큰일이었다

아리땁게 생긴 마담이
향수냄새를 확 풍기며
다방이 처음이신 모양이죠 하고
비웃는 눈치로 살짝 웃었다

창졸지간에 무슨 궁리들 나겠나
겨드랑에 끼고 갔던
책을 꺼내놓으며
이걸 맡기고 내일 돈 갖고 와
찾아가겠노라는 궁색한 사정을 하고

겨우 다방문을 나섰다
현기증이 났다
그 책은
보들레르의 호화 양장 『악의 꽃』 시집이었다

내무부 들어가는 골목 '문예빌딩'에서
(박종화 김영랑 모윤숙 유치환
이분들이 하는 시낭송회를 보러 갔다
처음 보기는 했으나
생각하면 태반의 글쟁이들이 월북하고
남은 문인이 얼마 안되는구나
하니 절로 쓸쓸해졌다
어두워지는 거리에 발을 옮기며
하나 나는 이제 여기서 살아야만 한다
라고 멋없는 한마디 중얼거려보았다)

이 '남조선' 첫 체험담을
김기림 선생한테 얘기하니
김군 친구를 아무나 사귀면 안돼요

차차 내가 좋은 친구를 소개할 테니
너무 서둘지 마시오
라고 훈계하였다

탁자

비어 있는 저 탁자는
아직 누군가
그 앞에 앉아 있는 것만 같다
하지만
탁자는 비어 있다
그렇다 곧 그가
저 유리문을 밀고 들어와
거기 앉을 게다
그는 지난밤에
버지니아 울프의 『등대로』를 읽었을까

안주머니에서
담배 한 개비 꺼내 문다
그러고는
「인도네시아 인민에게 주는 시」라는
깨끗하게 청서한 시고를 꺼내
한번 묵독할 것이다
그는 조금 흥분해 있다
'우리는 왜 이렇게 가난해야 하나'

입술을 깨무는 것을 보면 알 수 있다
잠시 후
그가 내가 앉았는 구석자리로 온다
시고를 소중히 주머니에 넣고

그가 내게 말을 건다
자네는 폐야, 폐병
이상 김유정 최서해 나도향
다 폐병으로 일찍 갔지
자넨 가난뱅이라
인삼 녹용 못 쓸 게고
일광욕밖에 없어, 일광욕
아무 데서나 벌거벗고 일광욕하는 건
과다노출죄에 해당하니 조심하고

50년 전
가슴이 약한 내게 일광욕을 권하던
키 큰 사내
박인환

그는 30살 나이에

심장마비로 세상을 떴다.

까마귀

너는 길하지 못한 녀석이다
네가 극성스레 울면
저승사자가
누군가를 데려갔다

게으른 날갯짓에
길게 늘어뜨린 울음
네 울음은
무겁고 우람하다
장사가 큰 돌을 들었다 놓는다

북한강 인적 드문 산자락에 서서
너희들이 서로 부르며 우는 소리에
다소곳이 가슴을 연다

소리와 공기와 바람과 색깔이
홀쭉하게 만든 정신이
홀연 제자리를 찾는다
있는 듯 없는 듯한 이 향기는

저승 것이다

어느새
죽은 그녀도 사뿐 내 곁에 서서
한때의 고요를 음미하고 있다

검은 돌에 새겨진
두어 줄기 금빛 평화
새여 검은 새여 복받으라.

산중일기

짖는다
깊이
바다 밑에서 짖는다
골짜기에서 짖어

개는
우수가 두려운 게다
그에게도 사람들 모양
우수는 있다

휴전선의 정적을 짖는다
발자국 소리 멀어졌으나
그 고요
참을 수 없다
희끄무레한 그믐밤이
개의 심장을 포대기로 싼다
밀실에서 기어나온 강도가
불현듯 하늘을 쳐다보고 파안대소했다

기르던 개 죽고
쥐와 뱀이 나타났다
79세는
고비

죽었는데
꿈을 꾼다 시체가
발을 헛디뎌
옆집 지붕을 무너뜨려 낭패 난 꿈을

이 산중에서
짖는다 숙연히 개는
그는 지금
고독의 밑바닥에 추락했다

아득히 두만강가에서
탈북자를 경계하는 몇발의 총성이 울린다
사람이 어디 있나
이런 세상에 사람이 어디 있겠나.

파우스트의 공해주머니

빼어나게 현명한 자는
부자와 친하게 내버려두고
가난한 자는
풀이나 나무나 돌을
우상처럼 중히 여기도록 할 일입니다
민중을 즐겁게 하려면
그 마술지팡이에서
끊임없이 듣기 좋은 찬사를 뽑아내야 하고
언제나 강당이 꽉 차게
군중을 모아놓고
물리학 수학 공학 수사학 정치학
전쟁학 심지어 점술과 역학까지
가득 먹여놓을 일입니다
바다만큼 많은 말로다
흠뻑 취하게 만든 다음에
강아지 끈을 당기듯 슬쩍 당기거나
혹은 내팽개쳐놓으면
성패는 절로 나타나는 법입니다
여보게 나의 메피스토펠레스여

전쟁이 난다고 야단치는 사람들이
벌써
우리의 이권을 앞질러 차지한 것 같은데
이 일을 어쩌나
나리 그건 걱정하지 마십시오
세상이란 아무리 속여도
속는 즉시 다시 살아나는
신묘한 힘을 가졌으니 말입니다.

악의 시, 피눈물의 시

자네
신문기자이면서 시인이었던 자네
한때는 파이프 입에 물고
인환이랑 함께
멋도 부렸던 친구
정부를 비방하거나
독재정권 규탄하면
여보 말 조심하우
그러다간 다칠 게유 하며
옆사람 눈치 살피던 소심한 친구
철학적인 논리적인 시를 쓴다고
뒤볼 때처럼 힘을 주며
끙끙거리던 경기도내기
게슈탈트 심리학이니 칸트니
마키아벨리, 폴 발레리, 합리주의니
존재니 풍경이니 허무니 하는 소리 나오는
시 써갖고 우쭐거리던 친구
첨단 모더니즘 한다고 신이 나하던 친구
양로원에 못 갈 형편이면

많은 노인들처럼
지하철 타고 남은 세월 보내지
아들집에는 왜 내려갔나
아내를 잃고 아들네하고 합친 자넨
충청도 그곳서 낭패 나고 말았네
기식한 지 몇달 만에
드디어
며느리가 밥값 내라며
쫓아냈다지 않나
어쩌는 수 없이
싸구려 하숙집에 은거하던 자넨
종내 심장마비로 이승을 떴네
여보 게슈탈트파 시인
내 말 좀 들어보우
덕이 없는 나 역시
언제 무슨 변을 당할는지 알 수 없으나
세상에 시아버지보고
밥값 내라는 며느리도 있다는
이 현실이 심장을 떨리게 한다우

이제는 알았소?

현실을

자본주의 사회 미덕의 극치를

그렇다오

이게 바로 우리 사는 세상이오

며느리가 밥값 내라며

어버이 내쫓는 이 시대가

우리 사는 오늘이구려

자, 이제 깨달았겠지

모더니즘 깨끗이 청산하고

내가 무슨 시를 써야 할 것인가를.

쓰시오

저승에서는 악의 시를

아니 피눈물의 시를

거기서는 수영이며 인환이 만나봤는지.

시와 진실

1

어디까지가 진실이냐?
진실을 말했다고 하는 순간에
진실의 정체는 물밑에 가라앉는다
이 고요.

2

벽이 있다. 아무 소리도 들리지 않는 두꺼운 벽이. 비명소리조차 씻은 듯이 훔쳐버리는 벽이.
벽은 허물어졌다 하면 다시 나타난다
죽은 자 벌떡 일어선다.

3

고문기술자 하나쯤 단죄해봐야 웃을 일도 울 일도 없다
인간의 본성은 그가 무엇을 어떻게 먹고 마시느냐에 따라 달라지는 것 아니던가.

원장실에 걸려 있는
커다란 예수 사진을 보고
내 병은 곧 낫는다.

4

소외된 사람이 베푸는 인정에 눈시울 적시는 자가 한발짝 사람에 가깝다
좋은 술 마실 때는
이게 소외된 사람들의 피눈물이라 여겨라
밤마다 나타나
미녀들을 훔쳐가는 저 늑대떼.

5

악의 깊이를 안다고 자랑 마라
그대는 그 깊이를 무엇으로 재봤는가
통일 안 하겠다는 사람 마음을 아는 이여
이 운명의 모순을 찐득거리는

피로 쓸지어다
한 시대의 수형자들이
시인의 진실과 허영을
천명같이 받들고 나아간다.

오늘은 가고

동쪽에도
서쪽에도 불이 붙었다
백리에 뻗은
이 산맥을 넘으면
잔잔한 이성의 호숫가에
달은 뜨리라
별빛은 아직 지구의 바깥에 놓여 있다
너와 나의 등골을 흐르는
시간의 눈부신 궤적을 따라
매일매일 죽는
작은 입상을 본다
어느새 여름이 가고 가을
이제 겨울이 닥치면
그래도 봄을 기다리며
옛날에 본 그 하늘빛을 그려보겠지
뇌성이 친다
핏줄같이 뒤엉킨 장막을 헤치고
오늘의 기억이 숲처럼 일어선다
소리보다 빨리 달리는 영혼의 귀

어디선가 물고기 한마리가 날아들어
폭파되는 대로 위에
흰 배를 사정없이 드러냈다

발문

모국어의 모음과 자음

박태순

1

2005년 신춘을 보내면서 우리는 8·15의 환갑맞이로 이미 느꺼워하는 중이다. 하지만 문인됨의 의무로서 근대문학 1백년을 그냥 묵새기게 되지 않는 감회 또한 새롭다. 신체시 또는 신시라는 형태의 시문학이 나타나기 시작하던 때로부터 100년인 것이다.

여기에 반가운 소식이 있다. 팔순 노경의 김규동 선생께서 모처럼 시집을 내신다니 오늘이 새롭고 또한 새삼스럽다. 그런데 이 근작시집의 발문을 언감생심 필자에게 써보라 한다. 산만한 산문가더러 백두대간을 넘어가라 하는 것인가.

"오랜만이시지요? 선생님의 시집 발간이……"

전화기에 대고 이렇게 여쭈어보는데

"절벽을 앞에 놓고 심판을 받는 거…… 그런 거지요."

노시인의 말씀이 장중하다.

시를 쓰고 발표하는 것은 시인의 일상적인 생활일 수가 있다. 하지만 시집을 엮어 펴내는 것은 축적되어온 시편들을 그냥 소비시키는 행위와는 전혀 다르다 하신다. 당신께서 시문학의 새로운 진경을 어떻게 열어놓고 있는지 보여주어야 하는 작업이며 무엇보다도 역사에 흔적을 남기는 일이 되기 때문이다.

『깨끗한 희망』(창비 1985), 『하나의 세상』(자유문학사 1987), 『오늘밤 기러기떼는』(동광출판사 1989), 그리고 『생명의 노래』(한길사 1991)를 펴내고 나서 새로운 시집 발간이 이처럼 크게 동안을 띄게 된 연유를 감히 여쭈지는 못한다. 불순불결의 언어들을 썩 물리쳐내는 개결(介潔)의 문학 파수꾼이 그이이신 것을 아는 까닭이다.

"그동안 3백편이 넘는 시편들이 쌓였어요. 이번에 83편을 추려내었지요. 마음고생을 했던 세음이지."

3백여편의 냉장고에서 고르고 고른 83편의 차림표. 시의 마음고생을 제대로 읽어야 하는 오늘의 문학, 그 앞머리에 김규동 시학이 있다. 그 시편들을 어지러운 자세로 만날 수는 없다.

2

그이는 시인이지만, 시인이기 위해서 평론을 써왔고 수필집을 펴내고 소설을 또한 발표한다. 김수영에 대한 당대의 논의를 모은 『살아있는 김수영』(김명인·임홍배 엮음, 창비 2005)에 게재된 「소설 김수영」이 눈길을 끈다. 20세기 한국문학의 인물현대사라 할 만치 이 '소설'에는 등신대의 문인들이 육감적으로 등장하고 있다. 젊은 이론가들의 고답적인 호명작업과는 모든 면에서 다른 점이 있다. 그이의 소설로 읽는 김수영의 프로필은 과연 어떠한가.

> … 황소눈보다도 더 커 보이는 수영의 눈은 막스 에른스트의 달보다 더 사람을 놀라게 한다. 눈이 크니 별로 혈색이 좋지 않은 얼굴은 슬퍼 보인다. (253면)

이렇게 김수영 시인의 특성을 '큰 눈'에서 찾아내고 있다.

김규동 문학 프로필은 어떻게 될까. 이 노시인의 특성을 필자는 '빈 손'에서 찾아보게 된다. 김규동 에세이집 『시인의 빈손』(소담출판사)은 1994년에 출간되었는데, 그 자신의 증언으로 한국 근대문학사를 개괄하고 술회하는 내용들이다. 이 책 속에는 「더러는 눈물을 머금고 양보하자」라는 글이 있는데 다음과 같이 언명한 대목을 음미해보고자 한다.

> 양식과 기법의 끊임없는 변화에도 불구하고 문학문명의 궁극적인 목표는 인간구원 정신의 처절한 탐구였다. 인간의 행복이 배제된 어떠한 발견이나 발명도 진정한 의미의 진보라고 불릴 수 없었던 것이다. 그것은 정신의 억압, 육체의 구속을 철저히 배격하는 열렬한 비평정신이었다. 그것은 인간의 자유와 평등을 늘 갈망하였다. 우리의 문학사업은 과연 오늘 어느 만큼의 행복을 이 땅에 심어 주었던가. 겸허하게 우리는 우리가

거쳐온 길을 재검토해봐야 하는 것이다.

'우리'가 거쳐온 길을 재검토해봐야 하는 것은 '겸허하게' 이루어져야 하는 일인만치 이 글의 제목대로 '때로는 눈물을 머금고 양보'하는 자세도 필요할 것이다. 이러한 겸허와 양보를 통해 '빈 손'으로 돌아가 '문학함'의 본질과 그 구극(究極)의 경계를 제대로 확인해보아야 할 바에 대해서, 이 글은 이를 세 단어로 요약한다. 문학문명·비평정신·문학사업.

우선 주목할 것이 '문학문명'이라는 표현이다. 문화 아니고 문명인 것인가, 문학은? 그렇다, 근대문학은 문학문화 아니라 문학문명이라야만 하였다. 한국근대문학의 경우에도 그것은 '신문물'이라는 서구 근대문명의 도입과 밀접하게 관련된 '치열한 탐구'였다. 그러나 문학문명은 엄청난 과학기술의 진보에 따라 '양식과 기법의 끊임없는 변화'를 일으켜왔을지언정 그 궁극적인 목표는 '인간구원 정신의 처절한 탐구'였으므로 근대문명의 산물임에도 불구하고 근대의 하부개념이 아니라 상부개념의 본질성을 확보해야 하는 것이었고, 나아가서는 근대극복 및 탈근대의 지평마저 열어 보여야 하는 것이다. 곧 '비평정신'이다.

이처럼 문학은 그 내부와 외부를 통틀어 끊임없이 '문명의 충돌'을 일으키게 하였음을 확인하게 되는 것인데, 그의 표현에 따르면 그것이 곧 '문학사업'이다. 그리하여 이 시인은 '겸허하게' 묻고 있는 것이지만 동시에 '부단하게' 묻고 있는 것이 된다. 우리의 문학사업은 과연 오늘 어느 만큼의 행복을 이 땅에 심어주었던가.

이러한 질문의 출사표는 아무나 제출할 수 있는 것이 아니다. 이번의 근작시집 『느릅나무에게』에 소수(所收)된 시편들 중에는 '손'을 읊고 있는 작품들이 여럿 보인다.

이 손
더러우면
그 아침
못 맞으리

(…)

반백년 고행길 걸은
형제의 마디 굵은 손
잡지 못하리
이 손 더러우면

—「아, 통일」 부분

아내에게
잘해드리세요
새벽 3시면 일어나
아픈 다리 두드리며
날 밝기를 기다리는 병든 아내

좋은 시 쓰려면
책 읽고 술 마시고 놀기도 해야 한다며
일찍 들어와본 일 없는 그대
평생
이룬 것 없이
빈손으로 휘적휘적 돌아온 그대
아내에게 잘해드려요

―「떠날 때」 부분

시를 읽지 못한 날은
손을 씻어본다

―「운명 앞에서」 부분

'시인의 빈 손'은 아무렇게나 그냥 비워놓은 손은 아니다. 절절한 사연, 아픔, 소망을 담아내기 위해 비워놓고 있는 것이 된다. 전시대 시인들의 '흰 손' '창백한 손'과는 다르고, 후시대 시인들의 '불끈 쥔 주먹' '손무덤' 유형과도 다르다. 그리고 물론 한국적 산업화시대의 마이더스들이 자신의 '더러운 손'을 어찌 참회하려는가 묻는 일은 가령 평론가 이아무 같은 이들에게 맡겨놓기로 하고……

'시인의 빈 손'을 그런데 필자는 유난스레 살펴본 적이 있다. 노소불문으로 담배 개비를 권하여 민망하게 이를 받게 되는 때에

필자의 눈밑으로 들어오는 그 손은 크지는 않으나 갸름하고 길동그랗고 아울러 날렵한 바 있음을 상기하게 된다. 섬세와 예민이 깃든 조선 장인(匠人)의 손이라는 것을.

필자의 PC 창고에 신문기사 하나가 저장되어 있다.

원로시인 김규동(민족문학작가회의 고문)씨는 2001년 1월30일부터 2월 4일까지 시와 목각을 결합한 '시각(詩刻)전'을 연다.

이번 전시회에는 모두 102점이 나왔다. 자신의 시, 두보·김삿갓·정약용 같은 옛 사람들의 시, 한용운·신채호·김소월 등의 작품, 보들레르 등 외국 시인들의 시와 문장을 목판에 새겼다.

김씨는 "어느날 팔만대장경을 보고 시를 나무에 새겨서 보존해야겠다는 생각이 들었다"면서 "이 작업을 통해 말의 소중함, 불립문자의 의미를 새롭게 깨닫게 되었다"고 말했다.

시를 쓰는 손에서 더 나아가 시를 새기는 손…… 말〔言〕의 사원〔寺〕이 시(詩)인 것만으로는 아니 되어 시각(詩刻)을 하는 손…… 디지털 워드프로쎄싱 시문학의 아포리아! 문학은 죽었다, 시는 죽었다 소리를 뱉어내게 하는 위기 담론, 담론 위기…… 인터넷문학 아포리아는 김규동 아포리즘에서 무엇을 느끼고 새겨볼 수 있을 것인지 물어야만 하지 않는가.

3

우리에게 고향이란 없소
분단은 있어도
고향은 없다오
(…)
오, 천년 전처럼
여기는 내 고향
여기는 내 고향
여기는 내 통일이라.

—「천년 전처럼」 부분

"조국은 하나다"라는 육성을 문학인들은 당연히 뱉어오고 있다. 말풀이를 해보면 '조국'은 '할아버지의 누리'가 된다. 한할아버지의 누리…… 언어적으로 따지면 '조국'은 마땅히 하나이며 분단되는 것일 수 없다. 아버지 또는 아들의 누리가 갈라질 수 있을지언정.

'문곡(文谷) 학당'이라 이름 붙일만한 시맥(詩脈)들이 뻗어오고 있다(문곡은 시인의 아호이다). 이 학당의 풍경은 20세기 전반부에 김기림 임화 오장환 이용악 박인환 김수영 박봉우 등등 문명비평의식을 발산하던 모더니즘 계열의 울창한 수림 속에 자리한다. 불우한 시대의 불안에 휩싸여 불운에 덮치었던 아득한 이름

들은 실록이기보다 전설처럼 남아흐르고 그 아련한 작품들은 문학사의 대로 아닌 오솔길에서 읊조리는 바 되었으나……

「존재와 말」이라는 작품을 통해 문곡은 이렇게 읊는다.

사라진 시간 속에서
고개를 치켜드는 건
언제나
가냘픈 존재의 떨림이다.

문학 심포지엄이다. 플라톤의 '심포지엄'은 '향연'이라 풀이되지만 김규동 심포지엄의 거대서사와 심층담론은 그 자체로 아득하고 아련하다. 그러함에도 장엄미사이고 운명교향악이어서 현해탄/바다와 나비/나비와 광장……으로 펼쳐져나가는 울림이 호천망극(昊天罔極)이다.

「하늘 꼭대기에 닿는 것은 깃대뿐이냐」라는 작품에서 시인은 '문학문명과 문학사업'의 20세기를 질타하고 통곡하고 야유한다. 걸판진 굿판의 열명길 넋씻김 사설조 가락이다. 보들레르 김구용 천상병 목월 기림 오든 랭보 베를렌느의 질풍노도가 펼쳐진다. 수영 청마의 댓진빛 두루마기 펄럭인다. 뼈만 남은 이상의 옆구리 쑤시는 엉덩이 큰 금홍이년도 호출된다. 남의 눈 의식하는데 일생을 바친 문학가 예술가 학자가 줄줄이 졸경을 만난다.

「플라워다방」은 시극(詩劇)이라 하겠는데, 문학분단/분단문학 출발지점의 표층구조와 심층구조를 오려내어 시의 무대에 올려놓는다. 극시로 읽지 않고 시극으로 관람하도록 실제 공연의 연행(演行)을 기획해볼 만하겠다.

'모순의 황제'라는 시의 제목은 그 자체로 포스트모던과 쉬르레알의 합성 포토샵이다. 19세기의 둔주곡, 20세기의 질주곡, 그리고 21세기의 난주곡이 함께 흐르는 운동회날 운동장이다. 언어들의 기표와 기의는 심각하다. 깨져버린 거울의 사금파리들이 제멋대로 온갖 것들을 투영하고 반사하는데 '『현해탄』 시집 출간 축하모임'이 경광등 구실을 한다. 시의 목적은 결국 실천적 비평이라는 독특한 덕담이 나오고, 여기에 쏘네트도 첨부된다. "역사는 저를 거부하는 자를/끝내 돌보리라/그런 까닭에 역사는/튼튼하게 나이를 먹어가는 거다/폭포같이 줄기찬 역사의 이끼여."

황지우도 느닷없이 징용당한다. "횡단보도에서/파란 불을 기다리는/황지우의 두 손 중 한 손이/주머니 속에서 빨간 전라도 노을을/붙잡는 동안에도/무등산의 세월은 유유히 흘러가는구나."

주머니 속에 든 시인의 손이 어떠하든 상관 않고 광주 5월의 무등산이 유유한 것에 비하여 남쪽에서 북으로 올라간 문인들과 관련하여는 홍명희가 핀잔을 받기도 한다. 아마도 21세기를 사는 문학소녀일 듯한 아가씨에 대한 가르침도 있다. "시를 쓴다는 아가씨야/해바라기씨 많이 먹어라/손 한번 잡아보고/어찌 그 사내를 안다 하겠느냐/실천적 진리/해바라기씨는 그것을 너에게 안겨줄 것이다." 앞에서 '실천적 비평'이라 한 관념을 변증(辨證)하여 '실천적 진리'라는 개념으로 문학성을 업그레이드한다. 인터넷문학의 새로운 변용을 모색하는 21세기 작가지망생들은

이 문명시로부터 실천 · 비평 · 진리를 계몽받아야 할 것에 틀림없을 터…… 노시인의 젊음이 그야말로 혈기방장일 수 있는 연유는 무엇인가.

20세기 후반기의 '문곡학당' 풍경은 질풍의 원경과 노도의 근경을 마련한다. 자유실천 청년문학운동의 현장에 백의종군하다가 닭장차에 끌려 10일 구류를 살아야 하는가 하면 한일출판사 장부를 압수당하여 문을 닫아야 하는 일을 만난다. 더불어 노동자를 만나고 배사공(배임사기공갈범)도 만나고 우람해진 민중을 만나도록 해준 것은 이른바 반독재 민주화운동의 공덕이지만, 시인은 쓴다. "대한민국에는/시인이 많다 하는데/이 못난 자를 위로해줄 만한 시인 한 사람만 골라/소개해주구려".

'시인을 한 사람만'이라는 제목이고 '어느 죄수의 편지'라는 부제인데, 시는 있을지 몰라도 시인이 없다고 문곡은 읊고 있는 것이다. 그리고 이 시인은 공박하고 한탄한다. 민중문학은 없다 한다.

빼어나게 현명한 자는
부자와 친하게 내버려두고
가난한 자는
풀이나 나무나 돌을
우상처럼 중히 여기도록 할 일입니다
민중을 즐겁게 하려면
그 마술지팡이에서

끊임없이 듣기 좋은 찬사를 뽑아내야 하고

—「파우스트의 공해주머니」 부분

4

나는 너에게 할 이야기가 아무것도 없고
두 볼에 흘러내리는 눈물과
두근거리는 가슴으로
나의 혼을 너에게 맡기는 게 고작일 게다

나무여 나의 느릅나무여
이야기해다오
반백년에 걸친 그 많은 이야기를
나는 너에게 기대어
네가 하는 그리운 이야기를
황홀히 듣고만 있을 게다

—「그날에」 부분

산골짜기 고향의 우리 집 우물가에 서 있는 느릅나무를 반백년 만에 찾아가 만나는 서사를 시인은 노래하는데, 경물시(景物詩)와 영탄시의 차원을 높세워 초극한다. "통일이 되면/너를 어떻게 만나야 할까/그것이 마음에 걸려/너와의 대화를/미리부터 생각하게 되는구나" 하고 시인은 토설하는데, 통일세상이 느릅나무를 세계목이게 하고 우주목이게 한다. 신단수이게 한다.

강물을 전송하는 건
어머니뿐이 아니다

—「인제 가면 언제 오나」 부분

산골 고향을 떠나 흘러내려가는 강물의 노래는 '인제 가면 언제 오나'라는 어머니의 전송의 탄식을 항상 새겨놓는다. "기쁨과 슬픔이 뒤엉킨 몸부림/춤과 음악과 희망을 함께 걷어안고" 바다로 들어가는 이 한강물은 대동강과 압록강, 금강과 낙동강, 그리고 동해바다 에돌아 나오는 두만강과도 만나 손을 잡는다. "그런 다음에는 승천하여/네 고국 산하에/안개와 구름과 물이 되어/다시 내려오너라" 하는 어머니의 말씀을 듣게 된다.

모국과 모국어…… 말풀이를 해보면 '모국'은 '어머니의 누리'가 된다. '모국어'는 어머니의 누리에서 어머니가 알려주신 말이다. 김규동 문학의 뿌리는 한할아버지의 말씀을 거슬러오르는 것이 아니다. 어디까지나 언제까지나 어머니의 누리에서 어머니 말씀의 울타리에서 오손도손이려 한다. 조국어이기보다 모국어의 음성이고 메아리다. 국가주의 논리와 수입산 내셔널리즘과 국제금융정치로 토목공사중인 통일로는 이 시인이 걸어가고 있는 길은 아니다. '통일전문가'는 더더욱 아니다. "새소리/짐승 기는 소리/바위들 숨쉬는 소리"가 들리는 길, "뭉게구름이/주정뱅이처럼 지나며/(…)/흙과 물이 여기서 입 맞추는 것을/꼭 보고야 말"(「대낮」) 그러한 길을 걸어 고향으로 찾아가고자 한다.

모국어의 모음과 자음.

김규동 백발문학은 모국어의 자음이 그리워하는 모음이다. 자음은 모음을 만나지 아니하는 한 발성이 되지 아니하고 성음(聲音)을 이루지 못한다. 입안의 혓소리로도 언어를 생성해낼 수 없어 모음과 생이별한 자음은 모국어의 순결한 대지를 방랑하고 유랑한다. 그리하여 마침내 김규동 백발문학의 안간힘은 우리 말과 글의 씨알을 노래하게 한다. 우리말의 가락과 율조와 정한의 현대표준어의 절창(絶唱)이다. 「사모곡」의 그리움과 「청산별곡」의 애틋함과 「정읍사」의 황토빛으로 무르녹은 한겨레 온누리의 향가를 신곡조로 부른다.

이러한 '순수문학'이 외로운 것은 아니다. 말의 끝없는 타락, 밑없는 추락을 떨쳐 고고하게 치솟는 맑은 시집이 어찌 예외의 문학이 될 리 있겠는가. 말로써 말을 씻어내는 시의 힘, 문학의 힘, 시인의 향기다. 그것이 있다. 남아 있다.

> 길과 나무와 바람의 향기 아직 남아 있네
>
> —「다시 고향에」 부분

그리하여 이러한 힘과 향기로 시는 산이 된다.

> 시여
> 너의 고뇌와 눈물의 아름다움

그리워하지 않은 때 없으나
이룬 것 없이
죄만 쌓여
언젠가는 돌아가게 될
고향 하늘

아, 철없이 나선
유랑길
몸은 병들어 초라하기 짝이 없으나
받아주리라 용서해주리라 너만은
이름 없는 나의 산.

—「산」 부분

어머니인 대지의 산하는 노시인을 해맑은 소년으로 품에 안아들이고 있다. 그의 시는 행복하다. 자음이 모음과 포옹하는 모국어가 행복하다. 이 시집 마지막의 「오늘은 가고」라는 작품 한 대목을 뽑아내어 이 글의 말미를 닫는다.

핏줄같이 뒤엉킨 장막을 헤치고
오늘의 기억이 숲처럼 일어선다
소리보다 빨리 달리는 영혼의 귀

영혼의 귀는 소리보다 빨리 달리므로 숲처럼 일어서는 오늘의

기억을 헤치어 찾아내리라. 우리가 불러보아야만 하는 말씀이여,
노래여, 시여.

朴泰洵 | 소설가

시인의 말

미루다보니 14년 만의 시집이다. 『생명의 노래』(한길사 1991) 이후 책 내는 일을 게을리해 왔다. 책을 내서 심판받는 일이 두려운 탓이다. 그러니 새삼스럽게 시집을 엮어 여기저기 펴본들 그게 뭐 그리 대견한 노릇이겠는가.

독자는 이 책을 심판하리라. 과연 이 시집 속의 몇 편이 살아남을 수 있을까. 아마도 절멸당하고 살아남는 게 없을지도 모른다. 83편은 나의 작은 군단이다. 그런데 다 쓰러지고 완전히 패한다면 지휘관인 나는 어찌 되나? 한편 기가 막히다. 만일에 그중 한 편, 오직 한 편이라도 남는 것이 있다면 그 한 편과 더불어 다시 한번 이상을 추구해볼까 한다.

허위에 가득 찬 나의 과거는 시라는 꿈이 있기에 그나마 제 궤도를 찾아 오늘날에 이르게 되었다. 시는 정신의 청정작용을 하는 물건인가 한다. 착한 인간으로 살며 이상에 걸맞은 시를 쓰고 싶었지만 모든 생각은 결국 실패하고 만 셈이다.

이같은 왜곡은, 즉 인격과 품성의 잘못은 나 자신에게 책임이 있지만 다른 한편 절반의 책임은 분단에 있다고 믿는다. 민족의 분단이 인간의 진정한 삶을 이같이 왜곡해왔다. 통일이 없이는 인간교육과 문화, 아름다운 사회의 건설은 지난한 과제다.

나의 시는 발상에서 형상화에 이르는 경로가 대체로 현실사회의 어둠과 모순에 관심두는 데서 비롯되었다. 앞으로도 이 태도는 별로 변하는 일이 없을 게다. 아름다운 시를 쓰지 못해 독자제현께 미안하다. 이 산만한 작품들을 훌륭한 책으로 엮어주신 창비 여러분께 감사드리며 발문을 초해주신 박태순 소설가에게 경의를 표한다.

2005년 4월
김 규 동

김규동 시집
느릅나무에게

초판 1쇄 발행/2005년 4월 20일
초판 5쇄 발행/2015년 9월 30일

지은이/김규동
펴낸이/강일우
편집/김정혜 문경미 안병률 강영규 김현숙
미술·조판/정효진 신혜원
펴낸곳/(주)창비
등록/1986년 8월 5일 제85호
주소/10881 경기도 파주시 회동길 184
전화/031-955-3333
팩시밀리/영업 031-955-3399 · 편집 031-955-3400
홈페이지/www.changbi.com
전자우편/lit@changbi.com

ISBN 978-89-364-2717-7 03810